O INQUILINO

O INQUILINO

ROLAND TOPOR

Tradução de Lilia Zambon

Título original em francês: *Le locataire chimérique*
Copyright © Busquet Chastel, Pierre Zech Editeurs, Paris, 1996.

Amarilys é um selo editorial Manole.

Editor-gestor: Walter Luiz Coutinho
Editor: Enrico Giglio
Produção editorial: Luiz Pereira
Editoração eletrônica: Hey Bro Comunicação
Ilustração de capa: Axel Sande | Gabinete de Artes

Dados Internacionais de Catalogação na Publicação (CIP)
(Câmara Brasileira do Livro, SP, Brasil)

Topor, Roland, 1938-1997.
 O inquilino / Roland Topor ; tradução de Lilia Zambon. -- Barueri, SP : Amarilys, 2012. --
(Coleção lanterninha)

 Título original: Le locataire chimérique.
 ISBN 978-85-204-3403-1

 1. Romance francês I. Título. II. Série.

12-09792   CDD-843

Índices para catálogo sistemático:
 1. Romances : Literatura francesa 843

Todos os direitos reservados.
Nenhuma parte deste livro poderá ser reproduzida, por qualquer processo, sem a permissão expressa dos editores.
É proibida a reprodução por xerox.

A Editora Manole é filiada à ABDR – Associação Brasileira de Direitos Reprográficos.

1ª edição brasileira – 2012

Editora Manole Ltda.
Av. Ceci, 672 – Tamboré
06460-120 – Barueri – SP – Brasil
Tel. (11) 4196-6000 – Fax (11) 4196-6021
www.amarilyseditora.com.br | https://atendimento.manole.com.br/

Impresso no Brasil | *Printed in Brazil*

Este livro contempla as regras do Acordo Ortográfico da Língua Portuguesa de 1990, que entrou em vigor no Brasil em 2009.

PRIMEIRA PARTE
O NOVO INQUILINO

I
O apartamento

Trelkovsky estava para ser despejado quando seu amigo Simon lhe falou sobre um apartamento livre na rue des Pyrénées. Ele foi ao local. A zeladora, mal-humorada, se recusou a lhe mostrar o lugar; uma nota de mil, entretanto, a fez mudar de ideia.

— Me acompanhe — disse ela, sem deixar de lado seu ar desagradável.

Trelkovsky era um jovem de uns trinta anos, honesto, educado, que não queria mais saber de histórias. Ele ganhava a vida modestamente, e mesmo a perda de seu apartamento era uma catástrofe, pois seu salário não lhe permitia os luxos da vida em um hotel. Ainda assim, ele tinha guardadas na Caisse d'Epargne algumas economias com as quais contava pagar o depósito, se este não fosse muito alto.

O apartamento era composto por dois cômodos escuros sem cozinha. Uma única janela no cômodo do fundo dava para um muro com um vitrô, situado exatamente na frente dela. Trelkovsky percebeu que se tratava do vitrô dos banheiros do prédio ao lado. As paredes haviam sido cobertas por um papel de parede amarelado, sobre o qual se espalhavam grandes manchas de umidade. O teto parecia cortado em toda sua extensão por rachaduras que se ramificavam como as nervuras de uma folha. Pequenos pedaços de massa que se haviam soltado dele quebravam sob os sapatos. No quarto sem janela, uma chaminé de falso mármore enquadrava um aquecedor a gás.

— A inquilina que morava aqui se jogou pela janela — explicou a zeladora, que subitamente se tornou mais amável. — Venha, dá para ver o lugar onde ela caiu.

Ela levou Trelkovsky por um amontoado de móveis até a janela. E mostrou triunfante o restante de uma cobertura de vidro que ficava três andares abaixo.

— Ela não está morta, mas não está muito melhor que isso. Está no hospital Saint-Antoine.

— E se ela se recuperar?

— Não há perigo — ironizou a detestável mulher. — Não se preocupe com isso!

Ela piscou para ele.

— É um achado.

— Quais são as condições?

— Razoáveis. Há apenas uma pequena taxa pela água. Toda a instalação é nova. Antes era necessário ir até o corredor para ter água corrente. Foi o proprietário que encomendou as obras.

— E os banheiros?

— Bem em frente. Desça e pegue a escada B. De lá de baixo o senhor pode ver o apartamento. E vice-versa.

Ela piscou de modo obsceno.

— É uma paisagem em que vale dar uma espiada.

Trelkovsky não estava encantado. Mas, assim mesmo, o apartamento parecia uma oportunidade.

— De quanto é a taxa?

— Quinhentos mil. O aluguel é de quinze mil francos por mês.

— É caro. Eu teria só quatrocentos mil.

— Isso não me diz respeito. O senhor combine com o proprietário.

Mais uma piscadela.

— Vá vê-lo. Não é longe, ele mora no andar de baixo. Bom, eu vou indo. É uma oportunidade imperdível, não se esqueça disso.

Trelkovsky a acompanhou até a frente da porta do proprietário. Ele tocou a campainha. Uma mulher velha com ar desconfiado veio atendê-lo.

— Não damos nada aos cegos — disparou ela rapidamente.

— É sobre o apartamento...

Uma expressão maliciosa apareceu em seus olhos.

— Qual apartamento?

— O do andar de cima. Eu poderia ver o senhor Zy?

A velha deixou Trelkovsky em frente à porta. Ele os escutou cochicharem, depois ela voltou e lhe disse que o senhor Zy iria recebê-lo. Ela o conduziu pela sala de jantar onde o senhor Zy estava à mesa, palitando os dentes meticulosamente. Com o dedo, mostrou que estava ocupado. Procurou no seu molar e tirou dele um pedaço de carne espetado em um palito pontudo. Examinou-o atentamente e depois o limpou. Só então se virou para Trelkovsky.

— O senhor viu o apartamento?

— Vi. Eu gostaria justamente de discutir as condições com o senhor.

— Quinhentos mil e quinze mil por mês.

— Foi isso o que me disse a zeladora. Eu gostaria de saber se essa é sua última proposta, porque eu não teria mais que quatrocentos mil.

O proprietário parecia entediado. Durante dois minutos, seguiu distraidamente com o olhar a velha que tirava a mesa. Ele parecia se lembrar de tudo o que acabava de comer. Por vezes, balançava a cabeça em sinal de aprovação. Retomou o assunto da discussão.

— A zeladora avisou o senhor sobre a água?

— Sim.

— É engraçado como está difícil encontrar um apartamento nesses tempos. Um estudante me deu a metade por um único quarto no sexto andar. E não tem água.

Trelkovsky tossiu para limpar a voz. Ele também parecia entediado.

— Veja bem. Não estou tentado denegrir o apartamento do senhor, mas, enfim, ele não tem cozinha. Os banheiros também são um problema... Suponha que eu fique doente, o que não é um costume, já lhe aviso, suponha que eu tenha de ir fazer minhas necessidades em plena noite: bom, não é prático. Por outro lado, talvez eu só lhe dê quatrocentos mil, mas vou lhe dar em dinheiro.

O proprietário o interrompeu.

— Não é pelo dinheiro. Não lhe esconderia, senhor...

— Trelkovsky.

— ... Trelkovsky, eu não estou incomodado. Eu não conto com seu dinheiro para poder comer. Não, alugo porque tenho um apartamento livre, o que não é muito comum.

— Claro.

— Mas há um princípio. Eu não sou pão-duro, mas também não faço filantropia. Quinhentos mil é o preço. Conheço outros proprietários que pediriam setecentos mil, o que seria o direito deles. Eu quero quinhentos, não tenho nenhuma razão para aceitar menos.

Trelkovsky seguira a explicação aprovando com a cabeça, um grande sorriso nos lábios.

— Claro, senhor Zy, eu entendo muito bem seu ponto de vista, e o considero bastante razoável. Mas... permita-me oferecer-lhe um cigarro.

O proprietário recusou a oferta.

— ... Nós não somos selvagens. Conversando, a gente sempre pode se entender. O senhor quer quinhentos. Bom. Mas se alguém lhe dá quinhentos em três meses, três meses podem bem virar três anos, o senhor acha que isso seria preferível a quatrocentos de uma só vez?

— Eu não digo isso. Sei melhor que o senhor que nada vale a soma inteira em dinheiro. Eu só prefiro quinhentos mil em dinheiro do que quatrocentos mil em dinheiro.

Trelkovsky acendeu seu cigarro.

— Claro. Não é minha intenção dizer o contrário. Contudo, queira considerar que a antiga inquilina ainda não morreu. Talvez ela volte? Talvez ela vá propor um acordo? Ora, o senhor sabe que não tem o direito de se opor a um acordo. Nesse caso, não serão quatrocentos mil que o senhor terá, será nada. Enquanto eu lhe dou quatrocentos mil, sem conversa, tudo se ajeita amigavelmente. Sem preocupação nem para o senhor, nem para mim. O senhor tem algo melhor a me propor?

— O senhor me fala de uma eventualidade que tem pouca chance de se realizar.

— Talvez, mas tem de ser considerada. Enquanto, com os quatrocentos mil em dinheiro, não tem problema, não tem história.

— Bom, deixemos esse ponto de lado, senhor... Trelkovsky. Eu já disse ao senhor, isso não é o mais importante para mim. O senhor é casado? Desculpe-me por perguntar, é por causa das crianças. Aqui é um lugar calmo. Nós somos velhos, minha mulher e eu.

— Nem tão velhos assim, senhor Zy!

— Eu sei o que digo. Nós somos pessoas velhas, não gostamos de barulho. Assim, já o aviso. Se o senhor é casado, se o senhor tem filhos, pode me oferecer um milhão, eu não aceito.

— Fique tranquilo, senhor Zy. O senhor não terá esse tipo de aborrecimento comigo. Eu sou calmo e sou solteiro.

— Aliás, aqui também não é um bordel. Se é para receber mocinhas que o senhor está alugando este apartamento, nesse caso eu prefiro receber duzentos mil e entregá-lo a alguém que realmente precise dele.

— Concordo totalmente. De resto, não é meu caso. Sou um homem tranquilo, não gosto de confusão, o senhor não terá nenhuma comigo.

— Não leve a mal tudo que estou perguntando agora, melhor se acertar antes e depois viver em harmonia.

— O senhor tem toda razão, é natural.

— Então o senhor compreende também que não será possível que o senhor tenha animais: gatos, cachorros, ou qualquer outro animal.

— Não é minha intenção.

— Escute, senhor Trelkovsky, eu ainda não posso lhe dar uma resposta. De qualquer forma, isso nem é possível uma vez que a inquilina está viva. Mas o senhor é simpático, me parece um jovem correto. O que posso lhe dizer é: volte durante a semana, nesse momento eu poderei informá-lo da minha decisão.

Trelkovsky agradeceu atenciosamente antes de se retirar. Enquanto ele passava pela portaria, a zeladora o olhou curiosamente sem lhe fazer nenhum sinal de reconhecimento, continuando a secar mecanicamente um prato com seu pano.

Na calçada, ele parou para examinar o imóvel. Estava bem iluminado nos andares de cima pelo sol de setembro, o que lhe dava um aspecto quase novo e simpático. Procurou a janela de "seu" apartamento, mas lembrou-se de que ela tinha a vista para o pátio.

Todo o quinto andar havia sido repintado de rosa e as venezianas, de amarelo-canário. A combinação não era sutil, mas o tom de cor que ela dava soava alegremente. Nas janelas do terceiro andar havia um grande vaso de cactos e, no quarto andar, grades estavam presas na barra de apoio, por causa das crianças talvez, apesar de isso ser pouco provável uma vez que o proprietário não as queria. O teto estava repleto de chaminés de todos os tamanhos, de todas as formas. Um gato que certamente não pertencia a um inquilino passeava por elas. Trelkovsky se divertiu ao se imaginar no lugar do gato, e seria ele que o sol aqueceria vagarosamente. Mas ele percebeu uma cortina que se mexia no segundo andar, na casa do proprietário. Ele se afastou rapidamente.

A rua estava quase deserta, sem dúvida por causa da hora. Trelkovsky foi comprar pão e algumas fatias de salsichão com alho. Sentou-se sobre um banco e enquanto comia refletiu sobre tudo.

Depois de tudo, talvez o argumento usado com o proprietário estivesse certo, e a antiga inquilina fosse fazer um acordo. Talvez ela se recuperasse? O que ele lhe desejava sinceramente. Caso contrário, e se ela tivesse deixado um testamento? Qual era o direito do proprietário nesse caso? Trelkovsky não seria obrigado a pagar duas vezes a taxa, uma vez ao proprietário, e uma outra à antiga inquilina? Ele lamentou não poder consultar seu amigo Scope, aprendiz de tabelião, que estava infelizmente no interior para uma sucessão.

— O melhor é visitar a antiga inquilina no hospital.

Terminada sua refeição, ele voltou a questionar a zeladora. Ela lhe revelou, contra sua vontade, que se tratava de uma certa senhorita Choule.

— Pobre mulher! — disse Trelkovsky anotando o nome no verso de um envelope.

11
A antiga inquilina

No dia seguinte, na hora marcada, Trelkovsky passava pela porta do hospital Saint-Antoine. Ele estava vestido com seu único terno escuro e carregava na mão direita um quilo de laranjas embrulhadas em papel-jornal.

Os hospitais sempre haviam lhe dado uma impressão sofrível. Tinha a sensação de que de cada janela saía um gemido mórbido, e que se aproveitavam dos momentos em que ele virava as costas para dispensar os cadáveres. Os médicos, as enfermeiras lhe pareciam monstros da insensibilidade, mas ele admirava a dedicação deles.

No guichê de informações, perguntou onde se encontrava a senhorita Choule. A funcionária consultou suas fichas.

— O senhor é da família?

Trelkovsky hesitou. Se ele respondesse que não, não iriam deixá-lo vê-la?

— Eu sou um amigo.

— Quarto 27, cama 18. Fale primeiro com a enfermeira-chefe.

Ele agradeceu. O quarto 27 era imenso como o saguão de uma estação de trem. Quatro fileiras de camas o dividiam em toda a sua extensão. Ao redor das camas brancas, pequenos grupos com vestimentas escuras contrastavam indo e vindo. Era hora de grande movimento das visitas. Um burburinho contínuo semelhante ao barulho do mar numa concha o atordoava. A enfermeira-chefe, o queixo agressivamente projetado para a frente, o agarrou.

— O que o senhor está fazendo aqui?

— Enfermeira-chefe, talvez? Eu me chamo Trelkovsky. Estou feliz em vê-la, pois a moça das informações me havia aconselhado a fazê-lo. É sobre a senhorita Choule.

— Cama 18?

— Foi o que me disseram. Posso vê-la?

A enfermeira-chefe fechou a cara. Ela tinha um lápis em seus lábios e o sugou por algum tempo antes de responder.

— Não deve deixá-la cansada, ela esteve em coma até ontem. Vá, mas seja razoável; não fale com ela.

Trelkovsky não teve muita dificuldade para encontrar a cama 18. Uma mulher estava deitada lá, o rosto coberto por bandagens, a perna esquerda elevada por um complicado sistema de roldanas. O único olho visível estava aberto. Trelkovsky se aproximou lentamente. Ele não sabia se a mulher o havia notado, pois ela não piscou, e não se podia ver nada de sua expressão de tão enfaixada que ela estava. Ele colocou as laranjas sobre a mesa de cabeceira e se sentou em um banquinho.

Parecia mais velha do que ele havia imaginado. Respirava com dificuldade, a boca grande aberta, como um buraco negro nos panos brancos. Ele percebeu, incomodado, que faltava um incisivo superior.

— Você é um dos amigos dela?

Ele saltou. Não havia percebido a outra visitante. Sua testa já úmida se cobriu de suor. Sentiu-se na pele de um culpado correndo o risco de ser denunciado por uma testemunha imprevista. Todos os tipos de explicações loucas lhe passaram pela cabeça. Mas logo a jovem continuou:

— Que história! Você sabe por que ela fez isso? No começo, eu não queria acreditar. Pensar que eu a havia deixado no dia anterior de tão bom humor! O que lhe aconteceu?

Trelkovsky soltou um suspiro de alívio. A jovem lhe havia imediatamente catalogado como pertencendo à grande federação de amigos da senhorita Choule. Ela não lhe perguntara aquilo, apenas havia constatado uma evidência. Ele a considerou com mais atenção.

Ela era uma pessoa agradável de se ver, pois, mesmo sem ser bonita, era excitante. Era o tipo de mulher ao qual Trelkovsky recorria em seus pensamentos nos momentos mais íntimos. O corpo ao menos era um corpo que poderia facilmente dispensar um belo rosto. Gostoso, mas sem flacidez.

A jovem estava vestida com um pulôver de tricô verde que destacava seus seios, dos quais, por causa do sutiã, ou da falta dele, podia-se perceber as pontas. A saia azul-marinho estava bem acima dos joelhos, por negligência e não por cálculo. Apesar de um bom pedaço de carne estar visível. Essa carne clara da coxa, sombreada, mas com uma luminosidade extraordinária ao lado das regiões mais escuras do centro, hipnotizava Trelkovsky. Ele teve dificuldade para se esquecer disso e voltar ao rosto, que era absolutamente banal. Cabelos castanhos, olhos castanhos, uma grande boca pintada com batom.

— Para lhe dizer a verdade — começou ele após ter limpado a voz —, eu definitivamente não sou um amigo, pois a conheço bem pouco.

O pudor o impedia de confessar que ele não a conhecia.

— Mas acredite que eu estou profundamente entristecido com tudo isso que aconteceu.

A jovem lhe sorriu.

— Sim, é terrível.

Ela voltou sua atenção à moça deitada, que ainda parecia inconsciente apesar de seu olho aberto.

— Simone, Simone, você me reconhece? — perguntou a jovem em voz baixa. — É a Stella que está aqui. Sua amiga Stella, você me reconhece?

O olho continuava fixo, contemplando ainda o mesmo ponto invisível no teto. Trelkovsky se perguntava se ela não estaria morta, mas um gemido subiu da boca, abafado no começo, depois se inflando até se tornar um grito insuportável.

Stella começou a chorar copiosamente, Trelkovsky estava mortalmente incomodado. Tinha vontade de lhe dizer "Psiu", e sentia que toda a sala os olhava, que o consideravam o responsável pelas lágrimas. Ele dirigiu um olhar furtivo aos vizinhos mais próximos para ver como reagiam. À sua esquerda, um velho dormia um sono agitado. Murmurava continuamente palavras incompreensíveis enquanto fazia com o maxilar o movimento de mastigar um grande bombom. Um fio de saliva misturada com sangue se perdia nos lençóis. À direita, um grupo de visitantes desempacotava comidas e bebidas sob o olhar deslumbrado de um gordo camponês alcoólatra. Trelkovsky se certificou de que ninguém se preocupava com eles. Um pouco depois, uma enfermeira se aproximou para lhes comunicar o fim da visita.

— Há alguma chance de salvá-la? — perguntou Stella, que ainda chorava, agora com pequenos soluços.

A enfermeira a olhou agressivamente.

— O que você acha? Se pudermos salvá-la, nós o faremos. O que mais você quer saber?

— Mas o que você acha? É possível?

Irritada, a enfermeira deu de ombros.

— Pergunte ao doutor, ele não lhe dirá muita coisa a mais do que eu. Desse tipo de coisa — continuou ela num tom sóbrio —, nós não podemos dizer nada. Já é muito bom que ela tenha saído do coma!

Trelkovsky estava decepcionado. Não conseguira falar com Simone Choule, e o fato de a pobre mulher ter estado a dois dedos da morte não o consolava. Ele não era um mau rapaz e teria sinceramente preferido ficar, ele mesmo, em dificuldades se isso fosse um meio de salvá-la.

— Vou falar com essa Stella — ele disse a si mesmo —, talvez ela possa me contar alguma coisa.

Mas ele não sabia como começar a conversa, pois ela continuava a chorar. Era difícil abordar o assunto do apartamento sem preâmbulos. Por um lado, ele tinha medo de que, saindo do hospital, ela lhe estendesse a mão antes que ele tivesse tempo de se decidir. Para aumentar seu problema, uma repentina vontade de urinar lhe cortou de uma vez qualquer pensamento coerente. Obrigou-se a andar lentamente, embora tivesse o desejo louco de correr até perder o fôlego na direção do banheiro mais próximo. Corajosamente, atacou:

— Não deixe o desespero tomar conta de você. Vamos beber alguma coisa, se você quiser. Eu acho que uma bebida vai recompô-la.

Ele mordeu seus próprios lábios até sangrar para cessar sua vontade, que se tornava cada vez mais monstruosa.

Ela tentou falar, mas um soluço lhe cortou a voz. Limitou-se então a aceitar, fazendo um sinal com a cabeça, com um pobre sorriso.

Trelkovsky agora suava a grossas gotas. Como um punhal, a vontade lhe escavava o ventre. Eles saíram do hospital. Bem em frente havia um grande café.

— E se nós fôssemos ali em frente? — sugeriu com uma indiferença malsucedida.

— Se você quiser.

Ele esperou que estivessem sentados e que o pedido estivesse feito para dizer:

— Perdoe-me, dois minutos, por favor. Tenho uma ligação a fazer.

Quando voltou, era outro homem. Tinha vontade de rir e de cantar ao mesmo tempo. Foi só ao encontrar o rosto úmido de lágrimas de Stella que pensou em retomar o clima da situação.

Sem dizer nada, eles bebericaram os copos que o garçom acabara de trazer. Stella se acalmava pouco a pouco. Ele observava, buscando o momento psicológico no qual poderia chegar ao apartamento. Novamente, olhou seus seios e teve o pressentimento de que dormiria com ela. Ele forçou-se a lhe dirigir a palavra.

— Jamais compreenderei o suicídio. Não tenho argumentos contra, mas ele é demais para mim. Vocês conversaram sobre isso?

Ela respondeu que jamais haviam falado sobre o assunto, que ela conhecia Simone havia muito tempo, mas que não via nada em sua vida que pudesse explicar seu ato. Trelkovsky sugeriu que poderia se tratar talvez de uma desilusão sentimental, mas Stella lhe garantiu o contrário. Não sabia de nenhuma ligação séria da amiga. Depois de sua vinda a Paris – seus pais moravam em Tours –, ela vivia praticamente sozinha, vendo apenas algumas amigas. De fato, ela havia tido duas ou três aventuras, mas sem continuidade. Passava a maior parte de seu tempo livre lendo romances históricos. Era vendedora em uma livraria.

Não havia nada em todas essas informações que fosse um obstáculo ao projeto de Trelkovsky. Ele quis se sentir satisfeito. Aquilo lhe parecia inumano. Para se punir, voltou a pensar na suicida.

— Ela sairá desta, talvez — disse ele sem convicção.

Stella balançou a cabeça.

— Não acredito. Você a viu? Ela nem mesmo me reconheceu. Que infelicidade! Eu não me sinto capaz de trabalhar esta tarde. Vou ficar sozinha em casa, deprimida.

Trelkovsky também não precisava ir trabalhar. Ele havia pedido a seu chefe alguns dias para se ocupar do apartamento.

— Nada de depressão, isso não serve para nada. Você deveria, ao contrário, tirar isso da cabeça. Sei que isso pode parecer de mau gosto, mas a aconselho a ir ao cinema.

Ele se interrompeu e depois disse rapidamente:

— Se você me permitir... Veja, eu não tenho nada para fazer esta tarde. Você aceitaria ir comer comigo em um restaurante? Nós iríamos ao cinema em seguida. Se você não tiver mais nada para fazer...

Ela aceitou.

Após o almoço em um *self-service*, eles se enfiaram no primeiro cinema que viram. Durante o documentário, ele sentiu a perna de sua vizinha vir se colar à sua. Era necessário, então, tentar alguma coisa! Ele não se decidia, mas sabia que não podia não fazer nada. Passou o braço em torno dos ombros dela. Ela não reagiu, mas um momento depois ele teve cãimbras no bíceps. Ele estava nessa posição incômoda quando a luz se reacendeu para o intervalo. Não ousou olhá-la. Ela apertou sua coxa mais forte contra a dele.

Assim que a escuridão voltou, ele tirou seu braço dos ombros dela para passá-lo em torno da cintura. A ponta de seus dedos tocava o contorno do seio, daquele seio que ele havia visto agora há pouco, tenro no pulôver verde. Ela não o afastava. Sob a camisa, sua mão subiu, reencontrou o sutiã, e conseguiu deslizar entre o seio e o envelope de náilon. Sob seu indicador, sentiu a grossura do mamilo e o fez rolar sob seu dedo.

Ela ofegava levemente. Virou-se em seu lugar, e os seios livres saltaram do sutiã, suaves e macios. Ele os amassava convulsivamente.

Enquanto se estimulava, voltou a pensar em Simone Choule.
— Talvez esteja morrendo neste exato instante?
Mas ela só viria a morrer um pouco mais tarde, ao pôr do sol.

III

A mudança

Trelkovsky telefonou de uma cabine telefônica ao hospital para se informar sobre o estado de saúde da antiga inquilina. Avisaram-lhe de seu falecimento.

Esse desfecho brutal tocou-o profundamente. Era como se ele acabasse de perder alguém muito querido. Ele sentia de uma vez só um indescritível arrependimento de não ter conhecido Simone Choule mais cedo. Eles poderiam ter ido juntos ao cinema, ao restaurante, ter momentos de felicidade que ela nunca tinha conhecido. Quando pensava nela, Trelkovsky não a revia da maneira como ela estava no hospital, mas a representava com os traços de uma moça muito jovem, chorando por um pecado qualquer. Era nesse momento que ele gostaria de ter estado presente para fazê-la perceber justamente que se tratava apenas de um pecado qualquer, que ela estava errada em chorar e que ela devia ser feliz. Pois, ele lhe explicaria, você não viverá por muito mais tempo, você morrerá uma tarde em um quarto de hospital, sem ter vivido.

— Irei ao enterro. É o mínimo. Lá provavelmente verei Stella...

De fato, ele havia saído sem perguntar-lhe seu endereço. Depois da sessão de cinema, eles tinham se olhado sem dizer nada. As circunstâncias nas quais eles haviam se conhecido lhes davam vagos remorsos.

Trelkovsky tivera, desde então, uma única pressa: fugir. Eles tinham se separado, depois de um simples tchau desprovido de convicção. No momento, a solidão o fazia lamentar essa situação da qual tinha de fugir. Talvez fosse o mesmo para ela? Não houve enterro. O corpo deveria ser cremado perto de Tours. Uma missa fúnebre seria celebrada na igreja Ménilmontant. Trelkovsky decidiu ir assisti-la.

A cerimônia já havia começado quando ele entrou na igreja. Ele se sentou suavemente na primeira cadeira que apareceu, e examinou o público. Não era numeroso. Na primeira fila, reconheceu a nuca de Stella, mas ela não se virou. Então, dedicou-se a passar o tempo.

Nunca tinha sido crente, muito menos católico. No entanto, respeitava as crenças dos outros. Ficava atento para imitá-los, para ajoelhar no momento certo e se levantar quando devesse. Contudo, o ambiente lúgubre do lugar se insinuava sobre ele. Foi assaltado por um cortejo de ideias morosas. A morte estava presente, mais que qualquer outro, ele a sentia.

Trelkovsky não tinha o hábito de pensar na morte. Ela não lhe era indiferente, longe disso, mas era precisamente por essa razão que ele fugia dela de modo sistemático. Assim que sentia seus pensamentos derivando para esses assuntos perigosos, usava todos os tipos de subterfúgios, aperfeiçoados pelo tempo. Assim, nesses momentos críticos, cantarolava aquelas músicas que não saíam da cabeça, ouvidas no rádio, que eram um bloqueio mental perfeito. Ou então, se beliscava até sangrar ou ainda se refugiava no erotismo. Ele revia tal mulher entrevista na rua arrumando sua meia e sua cinta-liga, tal busto imaginado na profundeza do decote de uma comerciante, tal lembrança antiga de um espetáculo visto. Aquilo era a isca. Se seu espírito a mordia, então grande era o poder do seu pensamento. Ela levantava as saias, rasgava as blusas, remodelava as lembranças. E pouco a pouco, diante da mulher desmaiada, as carnes petrificadas, a imagem da morte empalidecia, empalidecia, para desaparecer completamente como um vampiro nos primeiros raios do amanhecer.

Dessa vez, contudo, não foi esse o caso. Durante um segundo de uma intensidade absoluta, Trelkovsky teve a sensação física do abismo sobre o qual ele se movia. Teve vertigem. Depois vieram os horríveis detalhes: o caixão que se prega, a terra que cai pesadamente contra as paredes, a lenta decomposição do cadáver.

Ele tentou se controlar, em pura derrota. Precisava de qualquer maneira se beliscar para ter certeza de que os vermes não existiam, não existiam ainda. Ele o fez discretamente no início, depois com ira. Sentia milhares de criaturas horrendas roendo-o, sugando todo o seu interior. Mais uma vez, ele cantou: "Você não tem um bom caráter, em que será que isso vai dar..." sem sucesso.

Como último recurso, ele tentou imaginar a própria morte. Simbolizá-la, isso já era fugir dela, escapar. Trelkovsky se pegou jogando, e acabou encontrando uma personificação que lhe agradou. Eis o que ele inventou:

A Morte seria a Terra. Vindos dela, brotos de vida tentavam lhe fingir companhia. Eles apontavam para o espaço. A Morte deixava, pois ela estava muito afeiçoada à vida. Ela se contentava em supervisionar seu efetivo, e quando os animais estavam no ponto, ela os mastigava como doces. Digeria lentamente os alimentos que voltavam em seu seio, feliz e saciada como uma gata gorda.

Trelkovsky se agitou. De um instante para o outro, ele não aguentava mais essa cerimônia ridícula e interminável. Fazia cada vez mais frio, estava sendo levado à sinusite.

— Azar da Stella, eu vou embora.

Ele se levantou com cuidado para não fazer barulho. Ao chegar em frente à grande porta, girou a maçaneta, mas nada aconteceu. O pânico o acometeu. Tentava agitar a maçaneta em todos os sentidos, mas o efeito produzido era nulo. Não ousaria voltar novamente a seu lugar agora, tinha até mesmo medo de voltar, pois deveria enfrentar os olhares reprobatórios que fuzilariam suas costas. Empenhava-se na porta, sem entender de onde vinha a resistência, sem esperança. Ele demorou um bom tempo para perceber a pequena porta que se destacava da grande, um pouco mais longe à direita. Esta sim se abriu sem dificuldade, ele a atravessou com um salto.

Do lado de fora, teve a sensação de despertar de um pesadelo.

— Senhor Zy talvez possa me dar a resposta.

Ele foi a passos largos à casa do proprietário.

O ar estava doce após o frio de caverna que reinava na igreja. Trelkovsky começou a rir sozinho, de tanto que se sentia feliz de um momento para o outro. "Apesar de tudo, eu ainda não estou morto, e daqui até lá a Ciência terá, sem dúvida, feito progressos que me permitirão durar até os duzentos anos!"

Ele tinha gases. Divertia-se, como uma criança, peidando a cada passo. Do canto do olho, ele observava os transeuntes que cruzavam por ele. Mas um homem maduro e bem-vestido o olhou severamente, forçando as sobrancelhas, o que o deixou vermelho de vergonha, e lhe tirou a vontade de continuar sua brincadeira estúpida.

Foi o senhor Zy, em pessoa, que veio abrir-lhe a porta.

— Ah, aí está o senhor!

— Bom-dia, senhor Zy, vejo que o senhor me reconhece.

— Sim, sim. O senhor veio por causa do apartamento, não é? Ele o interessa, mas o senhor ainda não quer aceitar o valor. Acredita que sou eu que vou ceder?

— O senhor não precisa ceder, senhor Zy, vai conseguir seus quatrocentos mil em dinheiro.

— Mas eu queria quinhentos mil!

— A gente não tem sempre tudo o que quer, senhor Zy. Eu teria preferido ter os banheiros no mesmo andar, e eles não são lá.

O proprietário explodiu em risos. Um grande riso mole, ao qual o riso forçado de Trelkovsky fez eco.

— O senhor é esperto, não é? Bom, está bem por quatrocentos mil em dinheiro, e não falamos mais nisso. Eu farei o contrato de locação amanhã. Está contente?

Trelkovsky se atrapalhava nos agradecimentos.

— Quando eu poderei fazer a mudança?

— De imediato, se isso for do seu interesse, com a condição de me dar um adiantamento. Não que eu não confie no senhor, mas eu não o conheço, não é? Se decido confiar em todo o mundo, no meu trabalho, não irei muito longe, coloque-se no meu lugar.

— Mas é natural. Eu trarei algumas coisas amanhã.

— Se o senhor quiser. Veja que é sempre possível se entender comigo, sendo correto e pagando seu aluguel regularmente.

Ele acrescentou num tom de confiança:

— O senhor não fez um negócio tão ruim, você sabe. A família me informou da intenção de não recuperar os móveis, então o senhor poderá aproveitá-los. Confesse que não esperava isso. A taxa não seria suficiente para pagá-los.

— Oh, algumas cadeiras, uma mesa, uma cama e um armário...

— É? Muito bem, vá comprá-los, aguardo novidades. Acredite em mim, você não está fazendo um mau negócio! De resto, o senhor sabe perfeitamente!

— Eu reconheço isso, senhor Zy.

— Oh, o reconhecimento — riu ironicamente o senhor Zy fechando a porta depois de ter colocado Trelkovsky no corredor.

— Tchau, senhor Zy! — gritou Trelkovsky diante da porta fechada.

Ele não obteve resposta. Ainda esperou um pouco, depois desceu lentamente a escada.

De volta à sua pequena quitinete, uma grande lassitude o invadiu. Sem ter força para tirar os sapatos, deitou-se sobre a cama e permaneceu assim por certo tempo, os olhos semicerrados, olhando ao redor.

Havia vivido tantos anos naquele lugar que não conseguia se familiarizar com a ideia de que, daqui para a frente, estava acabado. Nunca mais iria rever aquele lugar que havia sido o guardião de sua vida. Outros viriam e tornariam irreconhecíveis as paredes que ele conhecia tão bem, que transformariam a ordem, que iriam impedir a simples suposição de que um certo senhor Trelkovsky poderia ter morado lá antes deles. Sem cerimônia, de uma noite para a outra, ele iria embora.

Para dizer a verdade, ele já não se sentia mais em casa. Sua situação provisória fazia que desperdiçasse seus últimos dias. Era como os últimos minutos vividos em um compartimento de trem no momento em que ele entra na estação. Não se dava ao trabalho de fazer a limpeza, de arrumar seus papéis nem de fazer sua cama. Isso não resultava em um grande caos, não tinha coisas suficientes para chegar a esse ponto, mas em uma atmosfera de partida cancelada, de férias.

Trelkovsky dormiu sem interrupções até a manhã. Ele se ocupou, então, de reunir seus bens, que couberam facilmente em duas malas. Devolveu a chave à zeladora e tomou um táxi para seu novo endereço.

Dedicou toda a sua manhã tirando dinheiro da Caisse d'Epargne e definindo as formalidades com o proprietário.

Ao meio-dia, estava girando a chave na fechadura do apartamento. Depositou as duas malas diante da porta, mas não foi muito mais adiante.

Saiu para comer em um restaurante, pois não havia ingerido nada desde o almoço do dia anterior.

Depois do almoço, telefonou para o chefe do escritório onde retomaria o trabalho no dia seguinte.

O período transitório terminara.

IV
Os vizinhos

Em meados de outubro, a pedido de seus amigos – Scope, o aprendiz de tabelião, e Simon, o representante de eletrodomésticos que lhe havia indicado o apartamento –, Trelkovsky organizou uma pequena recepção como festa de inauguração da nova casa. Alguns colegas do trabalho também foram convidados, assim como todas as garotas disponíveis. Como era em um sábado à noite, isso permitiria que a festa continuasse sem que ninguém se preocupasse com o dia seguinte.

Cada um tinha levado alguma coisa para comer ou para beber. Todas as provisões estavam abertas sobre a mesa. Trelkovsky teve dificuldade para encontrar cadeiras para todo o mundo, mas finalmente tentou colocar a cama perto da mesa, onde os convivas tomaram assento em meio aos risos frescos das garotas e das piadas contadas pelos homens.

Na verdade, o apartamento nunca fora assim tão animado, jamais parecera tão iluminado. Trelkovsky sentia-se comovido em ser o responsável. Ele tampouco havia recebido tanta atenção dos outros. Quando Trelkovsky contava uma história os outros se calavam, riam quando ele era engraçado, chegavam a aplaudi-lo. E, sobretudo, repetiam seu nome. Em qualquer assunto, alguém dizia "estava com Trelkovsky…" ou "outro dia, Trelkovsky…" ou então "Trelkovsky dizia…". Ele era, de fato, o rei da festa.

Trelkovsky não era muito resistente à bebida, mas para estar com os outros, bebia mais que eles. As garrafas se esvaziavam em um ritmo acelerado, e as garotas encorajavam aos gritos os que bebiam. Alguém propôs apagar a luz, muito forte naquele cômodo, para acender a do outro deixando a porta aberta. Depois, todos se estenderam na cama. Na penumbra, Trelkovsky se permitiria facilmente dormir, mas, fora a dor de cabeça que aparecia, a presença feminina tão próxima contribuía para que ele se mantivesse acordado.

Uma discussão se estabeleceu entre Scope e Simon para saber o que era mais conveniente para as férias: praia ou montanha?

— Montanha — dizia Simon com uma voz um pouco eloquente —, é o que há de mais belo no mundo. As paisagens!... Os lagos!... As florestas!... E o ar puro! Diferente de Paris. Se quiser, você pode caminhar ou fazer uma escalada. Eu, quando estou na montanha, acordo às cinco da manhã, preparo algo frio para comer, e parto para um dia inteiro com a mala nas costas. E, claro, encontrar-se completamente sozinho a três mil metros de altitude, com uma paisagem espetacular a seus pés, ainda é o que conheço de melhor.

Scope zombou.

— Isso é pouco para mim! Todos os verões e invernos, ouvimos falar de pessoas que caem nos precipícios, que são esmagadas por avalanches, ou que ficam presas nas panes dos teleféricos.

— Na praia também — respondeu Simon —, há os afogados. Este verão só havia isso nas rádios.

— Isso não tem nada a ver. Sempre há imprudentes que querem ser os espertos e vão longe demais.

— É como na montanha. Eles saem sozinhos, sem preparo, sem treinamento...

— E depois, eu, na montanha, tenho um sentimento de claustrofobia!

Pouco a pouco, cada um escolheu o seu lado na conversa. Trelkovsky disse que não tinha preferência, contudo a montanha lhe parecia mais segura que a praia. Outros retomaram sua opinião transformando-a, depois voltando a ela. Trelkovsky escutava distraidamente. Pensava muito mais intensamente na garota deitada na outra ponta da cama. Ela estava tirando os sapatos, sem a ajuda das mãos, empurrando com a ponta de seu escarpim esquerdo o salto do escarpim direito. Este escorregou para o chão. Então, com o pé direito, envolvido por uma meia-calça, ela empurrou o escarpim esquerdo que caiu, por sua vez, com um barulho seco. Feito isso, aproximou seus joelhos do peito, ficando com o corpo em forma de "s", e não se mexeu mais.

Trelkovsky tentou distinguir se a garota era bonita, mas não conseguiu. No entanto, ela se mexia novamente. Esticando seus joelhos e depois trazendo-os contra o peito, aproximava-se sensivelmente dele. Tonto pela bebida e pela dor de cabeça, ele a olhava manobrar sem interferir.

Trechos de frases lhe ocorriam, como algo muito distante. — Desculpe... praia... úmido... mas... moderado... clima.

— ... por favor... oxigênio... há dois anos... com os amigos.

— ... boi... vaca... pesca... chouriço... doença... morte...

— ... fugindo do assunto.

A garota colocou sua cabeça sobre os joelhos de Trelkovsky e ficou imóvel. Mecanicamente, ela se divertia enrolando mechas de cabelos em torno dos dedos.

— Por que eu? — pensava ele. — Tudo aconteceu repentinamente, mas, ao invés de aproveitar, estou com dor de cabeça. Como sou idiota.

Já sem paciência, com um golpe certeiro a jovem atingiu a mão de Trelkovsky para colocá-la deliberadamente sobre seu seio esquerdo.

— E depois? — pensou Trelkovsky ironicamente, decidido a permanecer inativo.

A jovem, diante do insucesso de seus esforços, subiu mais um pouco para colocar sua nuca sobre o ventre de Trelkovsky. Ela remexia a cabeça para lhe provocar sensações, mas, como ele continuava sem se mexer, ela lhe deu pequenos beliscões nas coxas, através da calça. Como um verdadeiro aristocrata, Trelkovsky se deixava excitar, com um sorriso de superioridade nos lábios. "O que ela deseja, a pobre idiotinha, seduzi-lo? Ele? Por que exatamente ele?"

Sobressaltou-se. Com um gesto seco, empurrou a cabeça da garota e se levantou. Ele havia entendido. Era seu apartamento que a interessava. Agora ele a reconhecia. Ela se chamava Lucile. Tinha vindo com

Albert que o avisara sobre o divórcio dela. O marido ficaria com o apartamento. Era isso então!

Cortejavam-lhe por causa de seu apartamento!

Trelkovsky começou a rir. Para se entenderem, os defensores de praia e montanha tiveram de elevar a voz. A moça sobre a cama começou a chorar. Foi nesse momento que alguém bateu à porta.

Sóbrio de um momento para o outro, Trelkovsky foi abrir.

Um homem estava no corredor. Era grande, magro, muito magro, e de uma palidez incomum. Estava vestido com um longo roupão grená.

— Senhor?... — interrogou Trelkovsky.

— O senhor está fazendo barulho — constatou o homem com um tom ameaçador. — É mais de uma hora da manhã e o senhor está fazendo barulho.

— Mas, senhor, eu lhe garanto, recebo alguns amigos e nós conversamos tranquilamente...

— Tranquilamente? — indignou-se o homem elevando o tom. Eu moro embaixo de seu apartamento e escuto tudo o que vocês dizem. Estão arrastando cadeiras, andam fazendo barulho com os sapatos. É insuportável. O senhor tem a intenção de continuar por muito tempo?

Como havia elevado a voz, o homem agora quase gritava. Trelkovsky teve vontade de lhe fazer notar que era ele quem acordava todo mundo. Mas era isso, sem dúvida, o que ele desejava: chamar a atenção do prédio ao problema causado por Trelkovsky.

Uma velha dama, friamente enrolada em um penhoar, apareceu pendurada sobre o corrimão que levava ao quarto andar.

— Escute, senhor — afirmou Trelkovsky —, me desculpe por tê-lo acordado. Desculpe-me realmente. Apesar disso, prestaremos atenção...

— Que história é essa de acordar as pessoas a uma hora da manhã? Eis as maneiras!

— Eu prestarei atenção — repetiu Trelkovsky um pouco mais alto —, mas por outro lado...

— Eu jamais vi isso! O senhor faz uma bagunça dos diabos! O senhor quer que o mundo se f...? É bem bonito se divertir, mas há os que trabalham!

— Amanhã é domingo e é normal que eu receba alguns amigos, para conversar, num sábado à noite.

— Não, senhor, não é normal fazer tal tumulto, mesmo no sábado à noite...

— Eu prestarei atenção — retrucou Trelkovsky —, e fechou a porta.

Ele ainda escutou outro resmungo dirigido, sem dúvida, à velha que ele havia visto, pois uma voz feminina respondeu. Ao fim de dois ou três minutos, contudo, tudo voltou ao silêncio.

Trelkovsky colocou a mão no coração, ele batia com golpes duplos. Um suor frio molhava sua testa.

Os amigos, que estavam mudos, recomeçaram a discutir. Disseram o que pensavam de vizinhos semelhantes. Contaram histórias de amigos que tinham sofrido com os mesmos incômodos, e o que eles haviam feito. Pouco a pouco, chegaram aos meios de lutar eficazmente contra os inconvenientes. Depois dos meios reais, passaram aos imaginários, muito mais poderosos que os primeiros. Era o caso de fazer um buraco no chão, e jogar no apartamento de baixo uma porção de aranhas venenosas ou de escorpiões de boa raça. Todos gargalharam.

Para Trelkovsky era um suplício. Cada vez que eles elevavam um pouco o tom de voz, ele fazia "Shiu!" com tanta energia que eles se olhavam zombando dele e continuavam insistentemente, de propósito, para irritá-lo. Ele os detestou a tal ponto que julgou inútil levá-los em consideração.

Foi buscar os casacos no outro cômodo, os distribuiu e depois colocou seus convidados no corredor. Para se vingar, eles desceram fazendo barulho, rindo muito alto da inquietude dele. Ele teria jogado com prazer óleo fervendo sobre a cabeça deles. De volta à casa trancou a porta. Ao se virar, bateu o cotovelo em uma garrafa vazia sobre a mesa. Ela se quebrou no chão com um barulho infernal. O resultado não demorou muito para aparecer. Bateram violentamente no teto. O proprietário!

Trelkovsky teve vergonha. Uma vergonha profunda, que o fez tremer dos pés à cabeça. Tinha vergonha de todos os seus atos. Era um personagem odioso. Acordara o prédio inteiro com o barulho insuportável de suas discussões! Não tinha nenhum respeito pelos outros? Não era, então, capaz de viver em sociedade? Teve vontade de chorar. O que dizer em sua defesa? E, inclusive, como se inocentar diante dos golpes dados contra o teto? Como dizer: "Eu sou culpado, está certo, mas tenho circunstâncias atenuantes."?

Não teve coragem de colocar tudo em ordem. Imaginava muito bem os vizinhos escutando atentamente para bater ao menor pretexto. Ele se descalçou onde estava, foi apagar a luz a passos silenciosos, depois voltou, no escuro, com cuidado para não bater em nenhum móvel, para se deitar na cama.

Amanhã precisaria enfrentar os vizinhos. Teria coragem? Só de imaginar isso se sentia desfalecer. O que responder se o proprietário lhe propusesse uma reflexão?

Ele sufocava de raiva. A estupidez de ter organizado uma festa em seu apartamento lhe ocorreu. Sim, era um bom jeito de perdê-lo. Não tinha se divertido, havia gastado dinheiro, e para completar, comprometera seu futuro. Tornara-se inimigo de todo o prédio. Brilhante começo!

Acabou dormindo.

O medo de encontrar vizinhos descontentes o prendeu em casa por toda a manhã do domingo. Inclusive, ele estava longe de ser dinâmico. Os cabelos o incomodavam. Tinha a sensação de ter os olhos prestes a rolar fora das órbitas a cada olhar.

O apartamento oferecia um ar indiferente de desolação. Cinicamente, exibia os restos da noitada. Como na praia na maré baixa, os destroços jaziam, lá onde as ondas os haviam levado: garrafas vazias, cinzas misturadas aos molhos nos pratos, dos quais um tinha se quebrado, pedaços de frios no chão, esmagados por solas cegas, bitucas diluídas em vinho tinto.

Trelkovsky fez a melhor arrumação que pôde, mas deu com uma lata de lixo transbordando. Não era possível para ele descer antes da noite, até lá, era necessário respirar, como um remorso, o odor nauseabundo e nojento desses lixos-lembrança.

Não se sentiu capaz. A batalha com os vizinhos ainda lhe pareceu preferível. Desceu a escada assobiando. Quem ousaria lhe dirigir repreensões ao vê-lo tão simpático? Certamente ninguém.

Infelizmente, chegou ao segundo andar no exato momento em que o senhor Zy abria a porta para sair. Trelkovsky não mais podia recuar.

— Bom-dia, senhor Zy — atacou logo de cara. — Que belo dia!

Depois, em tom de confidência:

— Sinto muito por ontem à noite, senhor Zy, eu lhe asseguro que nada desse tipo vai acontecer de novo.

— Felizmente. Fomos acordados, eu e minha mulher, e não conseguimos dormir de novo durante a noite. Aliás, todos os seus vizinhos se incomodaram. O que aconteceu?

— Nós comemoramos... minha mudança... minha sorte enorme de ter encontrado este apartamento magnífico, alguns amigos e eu mesmo pensamos que poderíamos, sem incomodar ninguém, como dizer... fazer uma pequena inauguração. Sim, é isso, quisemos fazer uma coisinha para inaugurar o apartamento. E depois, o senhor sabe como é, com a melhor vontade do mundo, e respeitando, sobretudo, o sono do próximo, a gente se empolga, se diverte. Então, o tom se eleva um pouco, a gente se permite falar um pouco mais alto que o necessário... mas sinto muito, muito mesmo, e repito que isso não acontecerá mais.

O proprietário olhou Trelkovsky diretamente nos olhos.

— Felizmente você me disse isso, senhor Trelkovsky, senão, e não lhe escondo, me disporia a adotar medidas. Sim, medidas. Não posso permitir que um inquilino se instale no imóvel para semear a desordem e a bagunça, não, eu não posso permitir. Então, isso passa desta vez, mas já foi muito. Não recomece. É muito difícil conseguir um apartamento atualmente, que as pessoas se deem o trabalho de conservar o seu, não é? Então, fique atento a isso.

Nos dias seguintes, Trelkovsky prestou atenção para não dar nenhum motivo de descontentamento aos vizinhos. O rádio ficava sempre no volume mais baixo, e às dez horas da noite ele se deitava para ler. Dali em diante, descia a escada de cabeça erguida, era um inquilino completo, ou quase. Porque sentia, apesar de tudo, que o lamentável incidente da festa não fora perdoado.

Ainda que raramente, chegou a cruzar com algumas pessoas na escada. Naturalmente, não podia saber se eram vizinhos autênticos ou parentes dos vizinhos ou amigos que visitavam ou simplesmente vendedores que passavam de porta em porta. Mas, para não arriscar passar por mal-educado, preferia dar bom-dia a todo mundo. Quando encontrava um, tirava o chapéu e se inclinava levemente, dizendo de acordo com a situação: "Bom-dia, senhor" ou "Bom-dia, senhora". Quando não usava chapéu, ensaiava ainda assim o gesto de tirá-lo. Deixava sempre a passagem à pessoa com quem cruzava e anunciava do mais longe que a havia percebido, com um grande sorriso: "Passe, senhor (ou senhora)".

Do mesmo jeito, não deixava de cumprimentar a zeladora, que tinha, de resto, o costume de olhá-lo diretamente sem manifestar sinal de reconhecê-lo. Ela olhava curiosamente o rosto de seu inquilino como se percebê-lo fosse, todas as vezes, uma surpresa. Mas, além dos rápidos encontros na escada, Trelkovsky não tinha nenhum contato com seus vizinhos. Não teve nem mesmo a chance de rever o grande homem pálido de roupão com quem discutiu. Uma vez, ao ir ao banheiro, a porta não se abriu quando girou a maçaneta, e uma voz disse do interior: "Ocupado!". Teve a impressão de reconhecer a voz do grande homem pálido, mas, como não ficou esperando para não incomodá-lo quando saísse e para que ele não precisasse prestar atenção no barulho do papel, nunca teve certeza.

V

Os mistérios

Quatro noites seguidas, os vizinhos bateram nas paredes.

Agora, quando os amigos de Trelkovsky o encontravam, riam dele. No escritório, seus colegas, informados, concordavam em dar risada de seu pânico.

— Você erra ao se deixar intimidar — repetia Scope —, se você os deixa agir, eles não pararão mais. Acredite, finja que eles não existem, eles se cansarão antes de você.

Mas, apesar de todos os seus esforços, Trelkovsky era incapaz de "fingir que eles não existem".

Em nenhum momento de sua vida no apartamento esquecia que tinha, precisamente, alguém acima, alguém abaixo e outros aos lados. Aliás, se tivesse se esquecido, teriam se encarregado de lembrá-lo. Oh, eles não faziam barulho, naturalmente, não, eram ruídos discretos, pequenas batidas imperceptíveis, distantes, portas que rangiam suavemente.

Às vezes, alguém batia. Trelkovsky ia abrir, mas não havia ninguém. Ele avançava no corredor e se inclinava sobre o corrimão. Percebia uma porta que se fechava no andar de baixo, ou escutava um passo irregular que começava a descer. De toda maneira, não tinha nada a ver.

À noite, roncos o tiravam repentinamente do sono. Mas não havia ninguém em sua cama. Vinham de outro lugar, era um vizinho que roncava. Trelkovsky ficava horas, imóvel e silencioso na escuridão, escutando o vizinho anônimo roncar. Tentava visualizá-lo mentalmente. Homem ou mulher, a boca aberta, o lençol cobrindo até o nariz ou, ao contrário, o lençol desarrumado, descobrindo o peito. Uma mão que pendia, talvez. Acabava, enfim, dormindo, mas acordava alguns instantes mais tarde com um despertador que tocava. Em algum lugar, uma mão tateante então restabelecia o silêncio pressionando um pequeno botão. A mão tateante de Trelkovsky que procurava mecanicamente o interruptor não tinha, ela, nenhuma utilidade.

— Você vai ver — repetia Scope —, vai se acostumar. Também havia vizinhos em seu antigo apartamento, e você não se preocupava tanto.

— Se você para de fazer barulho — completava Simon —, eles vão acreditar que ganharam. Não o deixarão tranquilo nunca mais. Suzanne me contou que, no começo, tentaram lhe causar problemas por coisas pequenas. E, bem, seu marido comprou um tambor, e sempre que diziam algo ele tocava por horas. Hoje, eles estão em paz.

Trelkovsky admirava sinceramente a coragem do marido de Suzanne. Ele devia ser grande e forte. Para agir assim, devia ser. A menos que, ao contrário, fosse pequeno e magro, mas decidido a não se deixar passar por trotes, justamente por causa do tamanho. O que espantava Trelkovsky, nesse caso, é que os vizinhos não tentavam quebrar a cara dele. Evidentemente, se fosse grande e forte, eles não ousariam. Mas e se ele fosse pequeno e magro? Sem dúvida julgavam o fato sem importância. E, de fato, era. Entretanto, todos os vizinhos julgariam da mesma forma? Supondo que ele agisse assim com seus vizinhos, o que aconteceria? Lembrou-se de uma cláusula do contrato que o proibia de tocar um instrumento musical.

No escritório, quando ele deixava cair um porta-canetas no chão, seus colegas batiam nas paredes gritando com uma voz rouca: "Não se pode dormir?", ou então "Vai durar muito essa barulheira?". Eles se divertiam como crianças com a expressão assustada de Trelkovsky. Ele sabia que não era verdade, mas se esforçava para se acalmar, seu coração disparado no peito. Sorria miseravelmente, de uma forma animadora.

Uma noite, Scope o convidou à sua casa.

— Você vê, eu não tenho medo.

Colocou as caixas de som no volume máximo. Estupefato, Trelkovsky escutava a orquestra se libertar, os metais rugirem e a bateria explodir. Tinha-se a impressão de que a orquestra estava no mesmo cômodo. Todo mundo devia ter essa impressão, sobretudo os vizinhos. Trelkovsky sentiu-se vermelho de vergonha. Ele tinha apenas um desejo: o de girar o botão, de restabelecer o silêncio.

Scope ria tranquilamente.

— Isso o assusta, hein? Deixe, pode deixar, não arrisco nada.

Trelkovsky tinha de fazer esforços sobre-humanos para se conter. Que indecência! O que deviam pensar os vizinhos! Parecia-lhe que toda a música eram enormes gases inconvenientes. A manifestação barulhenta de um organismo que deveria ter-se calado.

Ele não aguentava mais.

— Vamos abaixar um pouco — propôs timidamente.

— Deixe, pode deixar. Por que se atormentar se eu lhe asseguro que não há risco? Eles estão acostumados — acrescentou com uma grande risada.

Trelkovsky tapou os ouvidos.

— Mesmo para nós é um pouco alto.

— Isso o aflige, hein? Aproveite, você não poderá fazer tanto em sua casa.

Nesse momento, bateram na porta.

Trelkovsky tremeu.

— Um vizinho? — perguntou ansiosamente.

— Espero que sim. Você vai ver como se deve fazer.

Era justamente um vizinho.

— Desculpe-me incomodar, senhor, vejo que há bastante gente... O senhor não pode abaixar um pouco o som, minha mulher está doente...

Scope fica roxo de raiva.

— Ah, ela está doente, hein! O que o senhor espera, que eu pare de viver para agradá-la? Do que ela precisa, que eu morra? Se ela está doente, que vá para o hospital. O senhor pode guardar sua conversa fiada para outra pessoa, não vai me convencer desse jeito. Não está entendendo! Eu tocarei quantos discos tiver vontade! E no volume que eu quiser! Sou surdo, e não há razão para que eu seja privado de música por causa de uma doença.

Empurrou o vizinho e fechou a porta na cara dele.

— Não tente dar uma de malandro comigo — gritou na porta — eu conheço o delegado!

Ele se virou sorrindo em direção a Trelkovsky.

— Você viu isso? Liquidei o rapaz.

Trelkovsky não respondeu nada. Era incapaz de fazê-lo. Estava sufocado. Não podia ver um ser humano ser humilhado na sua frente. Revia ainda a piedosa expressão do vizinho que recuava sob os gritos de Scope. Vira o abismo da derrota refletido nos olhos dele. O que diria à mulher voltando para seu apartamento? Tentaria, apesar de tudo, se creditar uma boa atuação, ou confessaria sua total derrota?

Trelkovsky estava transtornado.

— Mas, se a mulher dele está doente... — arriscou.

— Então o quê? Estou me f... pra mulher dele. Eu não o procuro quando isso me acontece. E depois, não se acabaria mais. Ele não vai voltar, eu lhe garanto.

Felizmente Trelkovsky não encontrou ninguém na escada indo embora.

Prometeu não voltar mais à casa de Scope.

— Se você tivesse visto a cara de Trelkovsky enquanto eu punha o vizinho da porta para fora — contou Scope a Simon —, ele não sabia onde se esconder!

Explodiram de rir. Trelkovsky os achava odiosos.

— Talvez ele não estivesse errado — disse Simon —, olhem.

Tirou um jornal do bolso e o abriu.

— O que vocês dizem desta notícia: "BÊBADO CANTAVA LA TOSCA ÀS TRÊS HORAS DA MANHÃ, SEU VIZINHO O MATA A TIROS". Não é um título extraordinário?

Eles disputaram o jornal.

— Não briguem — diz Simon —, vou ler para vocês: "Esta noite foi movimentada para os inquilinos do imóvel situado no número 8 da avenue Gambetta, em Lyon. Para um deles, ela foi fatal. O senhor Louis

D., 47 anos, solteiro, representante comercial, tinha comemorado na companhia de alguns amigos um negócio felizmente concluído e havia bebido mais que o normal. Ao voltar para sua casa, por volta das três horas da manhã, lhe veio a vontade de presentear seus vizinhos com uma ópera, pois estava muito orgulhoso de sua voz. Após grandes trechos de *Fausto*, ele atacou, então, a *Tosca*, quando um de seus vizinhos, senhor Julien P., cinquenta anos, casado, representante comercial de vinhos, ordenou expressamente que se calasse. O senhor D. se recusou, e para mostrar sua vontade em continuar o concerto, veio cantar no corredor. O senhor P. voltou, então, para seu apartamento onde se muniu de uma pistola automática que descarregou no infeliz bêbado. O senhor D. foi transportado urgentemente ao hospital onde morreu pouco depois. O assassino foi preso."

Enquanto Simon estava lendo e Scope rindo, Trelkovsky sentira um nó de emoção se instalar em sua garganta. Ele teve de cerrar os dentes para não começar a chorar. A mesma coisa lhe acontecia com frequência pelos motivos mais ridículos, e ele era o primeiro incomodado. Uma irresistível vontade de desabar em lágrimas o dominava, e o obrigava a assoar o nariz abundantemente, sem estar resfriado.

Comprou um exemplar do jornal a fim de conservar a reportagem e de poder relê-la em casa.

Depois disso, de resto, ele não podia mais ver Scope ou Simon sem que eles tivessem um monte de anedotas relacionadas aos vizinhos para lhe contar. Ao mesmo tempo, se informavam da evolução de sua situação. Morriam de vontade de ser convidados na esperança de desencadear um escândalo irremediável que provocaria o pior. Quando Trelkovsky os recusava, eles ameaçavam ir mesmo sem serem convidados.

— Você verá — dizia Simon —, a gente irá às quatro horas da manhã e baterá à porta te chamando pelo nome.

— Ou então, a gente vai bater na escada de baixo chamando por você.

— Ou, ainda, a gente vai convidar centenas de pessoas para uma reunião na sua casa sem que você saiba.

Trelkovsky dava um sorriso amarelo. Scope e Simon diziam isso, talvez, para fazer troça, mas não tinha certeza. Ele sentia que seu ponto de vista os estimulava. Para transformá-lo em vítima, eles podiam se tornar carrascos.

— E quanto mais eles me virem, mais serão estimulados.

Ele se dava perfeitamente conta do ridículo de seu comportamento, mas era incapaz de modificá-lo. Esse ridículo estava nele, era provavelmente o que tinha de mais verdadeiro em sua personalidade.

À noite, relia a notícia.

— Eu, mesmo bêbado, não teria jamais a falta de consciência de cantar ópera às três da manhã.

Imaginava o que aconteceria se, apesar de tudo...

E bufava sozinho em sua cama, abafando o som de sua risada com as cobertas.

No entanto, evitava seus amigos. Não queria, com sua presença, levá-los ao extremo. Longe dele, talvez, eles se acalmassem. Ele quase não saía mais. Deleitava-se com as noites passadas calmamente em sua casa, sem barulho. Pensava que, para os vizinhos, aquelas seriam provas suficientes de sua boa-fé.

— Se, no futuro, eu vier, por uma razão ou outra, a fazer barulho, eles colocarão na balança todas as noites passadas no silêncio mais completo, e serão obrigados a me perdoar.

E depois, o imóvel era o palco dos estranhos fenômenos que ele passava horas observando. Em vão tentava entender. Sem dúvida, não dava ele muita importância a esses pequenos fatos inofensivos, desprovidos de significado? Isso não era impossível. Contudo, quando ele levava o lixo para baixo...

O lixo de Trelkovsky se acumulava por dias e dias. Como ele comia principalmente no restaurante, o lixo era composto mais de papéis do que de matéria orgânica. Tinha também, apesar de tudo, pedaços de pão trazidos clandestinamente do restaurante nos bolsos e restos de queijo grudados a sua embalagem de papelão. Chegara uma noite em que Trelkovsky não podia mais recuar. Ele acumulava todos os seus dejetos na lixeira de sua casa e levava-os à do prédio. Sua lixeira cheia até a boca deixava cair pedaços de algodão, cascas de frutas e de outros materiais ao longo dos degraus. Trelkovsky estava muito carregado para pegá-los.

— Eu me ocuparei disso na volta — prometia para si mesmo.

Mas, ao voltar, não havia mais nada. Alguém havia recolhido os detritos. Quem? Quem espionava a saída de Trelkovsky para fazê-los desaparecer? Os vizinhos?

O interesse deles não consistia, sobretudo, em ir contra ele para injuriá-lo e ameaçá-lo das piores represálias por ter sujado a escada? Indubitavelmente, os vizinhos não teriam deixado escapar uma ocasião tão boa para tiranizá-lo.

Não, era algum outro... ou outra coisa.

Às vezes, Trelkovsky incriminava os ratos. Grandes ratos vindos do porão ou dos esgotos em busca de comida. Os ruídos que ele percebia com frequência nas escadas não iam contra essa hipótese. Mas, nesse caso, por que os ratos não atacariam diretamente as lixeiras? E também, por qual razão ele jamais encontrara um?

Esse mistério o assustava. Hesitava mais do que nunca a descer à lixeira e, quando, enfim, se decidia, estava tão confuso que deixava cair uma quantidade ainda maior de lixo, cujo desaparecimento era ainda mais significativo.

Não estava aí, aliás, o único motivo pelo qual Trelkovsky repugnava essa operação. Ela havia se tornado igualmente penosa para ele por um esmagador sentimento de vergonha.

Assim que levantava a tampa de uma lixeira para despejar o conteúdo de seu lixo, ficava sempre impressionado com a limpeza que reinava lá dentro. Seu lixo era o mais sujo do prédio. Repugnante e abjeto. Nenhuma semelhança com os honestos detritos residenciais dos outros inquilinos. Seu lixo não tinha o aspecto respeitável dos outros. Trelkovsky estava convencido de que na manhã seguinte, ao examinar o conteúdo das lixeiras, a zeladora saberia sem hesitação qual era a parte que vinha dele. Ela faria, sem dúvida, uma careta de desgosto pensando nele. Iria imaginá-lo em uma atitude degradante e taparia o nariz como se seu próprio cheiro exalasse do lixo. Algumas vezes, para deixar a identificação mais difícil, chegava até mesmo a remexer e misturar seus restos aos dos outros. Mas esse subterfúgio estava fadado ao fracasso porque apenas ele podia ter interesse nessa manobra ridícula.

Além disso, outro mistério fascinava Trelkovsky. Era o dos banheiros. De sua janela, como lhe havia cinicamente anunciado a zeladora, ele podia acompanhar tudo o que se passava lá. No começo, tentara lutar contra a vontade de olhar, mas sentiu-se irresistivelmente atraído pelo seu posto de observação.

Durante horas, ficava sentado em frente à janela, todas as luzes apagadas para ver sem ser visto.

Assistia, como um espectador apaixonado, ao desfile dos vizinhos. Ele os via, homens e mulheres, abaixar suas calças ou levantar suas saias sem pudor, agachar-se, e depois, após os gestos indispensáveis de higiene, abotoar suas vestimentas e puxar a corda da descarga da qual ele estava muito longe para ouvir o barulho.

Tudo isso era normal. O que era menos normal era o comportamento estranho de certos personagens. Estes não se agachavam, também não se arrumavam, não faziam nada. Trelkovsky os observava por minutos a fio sem que pudesse discernir neles o mínimo traço de atividade. Era absurdo e inquietante. Vê-los fazendo manobras indecentes ou obscenas teria sido para ele um verdadeiro alívio. Mas não, nada.

Eles continuavam imóveis, em pé durante intervalos indeterminados, depois, obedecendo a um sinal invisível, davam a descarga e partiam. Eram tanto mulheres quanto homens, mas Trelkovsky não conseguia distinguir os traços do rosto deles. Quais razões poderiam motivar os seres a agir assim? Desejo de solidão? Vício? Obrigação de se conformar com certos ritos, no caso de pertencerem todos eles a uma mesma seita? Como saber?

Comprou binóculos usados. Eles não ajudaram nada. Os indivíduos que o intrigavam realmente não se dedicavam a nenhuma atividade, o rosto deles era desconhecido. Além disso, nunca eram os mesmos, e ele jamais voltou a ver qualquer um deles.

Para ficar com a consciência limpa, uma vez que um dos personagens estava em sua incompreensível atividade, Trelkovsky correu até o banheiro. Chegou muito tarde.

Respirou fundo: nenhum odor. No buraco ao centro do quadrado de louça branca nenhum dejeto.

Muitas vezes ainda, tentou em vão surpreender os visitantes. Chegava sempre depois da partida deles. Uma noite, acreditou ter conseguido. A porta não se abriu, estava fechada pelo pequeno trinco de ferro que garantia a intimidade dos usuários. Trelkovsky esperou pacientemente, decidido a não se mexer antes de ver quem estava lá dentro.

Não teve de esperar muito tempo. O senhor Zy saiu majestosamente se reabotoando. Trelkovsky sorriu amavelmente para ele, mas o senhor Zy não se dignou a responder. Com a cabeça erguida, ele se afastou, como um homem que não tem por que se envergonhar de nenhum de seus atos.

O que o senhor Zy fazia naquele lugar? Certamente ele devia ter banheiros em seu próprio apartamento. Por qual razão não se servia deles?

Trelkovsky desistiu de esclarecer esses mistérios. Limitou-se a observá-los e a fazer suposições que nunca o satisfaziam.

VI
O roubo

Tinham batido de novo. Dessa vez, vinha de cima. Entretanto, não tinha sido provocado por uma grande bagunça. Eis o que se passou.

Naquela noite, Trelkovsky voltara direto do escritório. Não tinha muita fome, e como também estava com o dinheiro um pouco curto, decidira passar a noite arrumando suas coisas. Dois meses depois de ter ocupado o apartamento, não conseguia, de fato, sair do estado provisório dos primeiros dias. Assim que chegara, havia aberto suas malas, depois, sem se ocupar de mais nada, tinha percorrido sua moradia examinando-a com um olhar crítico. O olhar do engenheiro que vai empreender uma grande obra.

Como ainda era cedo, tinha descolado o armário da parede se esforçando, no entanto, para fazer o mínimo de barulho possível. Ainda não tinha se arriscado. Até o momento, a organização dos móveis tinha sido para ele tão imutável quanto a das paredes. É verdade que já levara a cama para o primeiro cômodo, no dia de recordação tão triste, em que havia organizado a festa de inauguração da casa, mas uma cama não é exatamente um móvel. Atrás do armário, fez uma descoberta. Sob os flocos de poeira que cobriam a parede, percebeu um buraco. Um pequeno buraco situado a aproximadamente 1,30 metro do chão, ao fundo do qual ele discernia uma bola de algodão cinza. Intrigado, foi procurar um lápis, com a ajuda do qual tirou o algodão. Mas ainda havia qualquer coisa lá. Ele escarafunchou por um ou dois minutos com o lápis antes de trazer o objeto que veio rolar em sua mão esquerda, entreaberta: era um dente. Mais precisamente, um incisivo.

Por que foi bruscamente tomado por uma emoção extraordinária quando se lembrou da grande boca aberta de Simone Choule em sua cama no hospital? Verificou com precisão a falta do incisivo superior, como uma brecha na proteção dos dentes, pela qual a morte havia se introduzido. Rolando mecanicamente o dente na palma da mão, tentava adivinhar por que Simone Choule tinha colocado seu dente em um buraco na parede. Lembrava-se vagamente dessa lenda infantil que dizia que o dente assim escondido seria trocado por um presente. A antiga inquilina teria conservado, nessa idade, suas crenças de garotinha? Ou então teria se recusado, e Trelkovsky entendia isso mais do que qualquer outro, a separar-se de um pedaço dela mesma? Era uma espécie de lugar na frente do qual ela vinha se recolher de tempo em tempo, na frente do qual, quem sabe, ela trazia flores, talvez. Naquele momento, Trelkovsky lembrou-se da história de um homem que, ao ter seu braço amputado em consequência de um acidente de carro, manifestara a vontade de enterrá-lo em um cemitério. As autoridades negaram. O braço fora incinerado, o jornal não relatou o que aconteceu em seguida. Negaram à vítima, da mesma forma, as cinzas de seu braço? Com que direito?

Evidentemente, uma vez separados, o dente, o braço, não faziam mais parte do indivíduo. Mas não era assim tão simples.

— A partir de qual momento — Trelkovsky perguntou-se — o indivíduo não é mais aquele que a gente pensa? Tiram-me um braço, muito bem. Eu digo: eu e meu braço. Tiram-me os dois, digo: eu e meus dois braços. Retiram-me as pernas, eu digo: eu e meus membros. Retiram meu estômago, meu fígado, meus rins, supondo que isso seja possível, eu digo: eu e minhas vísceras. Cortam-me a cabeça: o que dizer? Eu e meu corpo, ou eu e minha cabeça? Qual o direito de minha cabeça, que na verdade é só um membro, de se atribuir o título de "eu"? Por que ela contém o cérebro? Mas há as larvas, os vermes, que eu sei ainda, que não têm cérebro. Para esses seres, então, há alguma parte dos cérebros que dizem: eu e meus vermes?

Trelkovsky estava a ponto de jogar o dente fora, mas, no último momento, mudou de ideia. No fim das contas, simplesmente trocou o pedaço de algodão por um outro mais limpo.

Mas, dali em diante, sua curiosidade estava despertada. Pôs-se a explorar o local milímetro por milímetro. E foi recompensado por isso. Sob uma pequena cômoda encontrou um pacote de cartas e uma pilha de livros. Negros de poeira. Deu início a uma primeira limpeza com a ajuda de um pano. Os livros eram todos romances históricos, e as cartas, sem importância, mas Trelkovsky prometeu a si mesmo que as leria mais tarde. Esperando, embrulhou em jornais da véspera seus achados, depois subiu em uma cadeira para colocá-los no alto do armário. Foi uma catástrofe. O pacote lhe escapou e caiu no chão com um estrondo.

A reação dos vizinhos não se fez esperar. Ele ainda não havia descido da cadeira e golpes raivosos já se faziam sentir no teto. Seriam então mais de dez horas da noite? Consultou seu relógio: dez e dez.

Amargurado, jogou-se em sua cama, disposto a não fazer mais nenhum movimento durante a noite para não lhes dar o prazer de um pretexto.

Bateram na porta.

Eram eles!

Trelkovsky amaldiçoou o pânico que o submergia. Ouvia o barulho de seu coração fazendo eco ao que vinha da porta. Tinha, no entanto, de fazer algo. Um fluxo de injúrias e maldições sufocadas brotava em sua boca.

Sendo assim, ainda seria necessário justificar-se, explicar-se, fazer-se perdoar por viver! Seria necessário ser suficientemente frágil para dissipar a raiva e alcançar a indiferença. Seria necessário dizer mais ou menos: eu não mereço sua cólera, olhe para mim, sou apenas uma besta irresponsável que não pode impedir as manifestações sonoras de sua podridão, de sua vida, então não desperdice seu tempo comigo, não suje seus punhos me enchendo de golpes, suporte minha existência. Certamente não lhe peço que me ame, eu sei que é impossível, porque não sou amável, mas faça-me a caridade de me desprezar o suficiente para me ignorar.

Bateram novamente na porta.

Ele foi abri-la. Viu logo que não era um vizinho. Não era arrogante o bastante, não estava suficientemente seguro de seu direito, tinha muita inquietude em seus olhos. O fato de ver Trelkovsky pareceu surpreendê-lo.

— Não estou na casa da senhorita Choule? — balbuciou.

— Sim, era, antigamente. Eu sou o novo inquilino.

— Ela se mudou, então?

Trelkovsky não respondeu.

— O senhor sabe, talvez, seu novo endereço?

Trelkovsky já não sabia muito bem o que dizer. Visivelmente o visitante ignorava o destino de Simone Choule. Quais eram seus laços de amizade com ela? De amizade ou de amor? Podia, bruscamente, revelar-lhe seu suicídio?

— Entre, não fique no corredor dessa maneira.

O outro murmurou agradecimentos vagos. Estava visivelmente angustiado.

— Não lhe aconteceu nada, ao menos? — Questionou com uma voz aguda.

Trelkovsky fez uma careta. Que ele não se pusesse a gritar ou a qualquer coisa desse gênero. Os vizinhos não deixariam passar a ocasião. Tossiu.

— Sente-se, senhor...

— Badar, Georges Badar.

— Encantado, senhor Badar, eu sou Trelkovsky. Veja, aconteceu um acidente...

— Meu Deus, Simone!

Ele tinha quase gritado. "Dizem que as grandes dores são mudas", pensou Trelkovsky, "que seja verdade!".

— O senhor a conhecia bem?

— O senhor disse "conhecia"! Então ela está... Então ela está morta!!

— Ela se suicidou há pouco mais de dois meses.

— Simone... Simone...

Ele falava mais baixo. Seu pequeno bigode fino tremelicava, seus lábios se mexiam convulsivamente, seu pomo de Adão forçava a gola engomada da camisa.

— Ela se jogou pela janela, se quiser ver...

Ele reencontrava o tom da zeladora.

— Caiu sobre uma vidraça, no primeiro andar. Não morreu na queda.

— Mas por quê?... Por que ela fez isso?

— Não se sabe. Conhece sua amiga Stella? (Badar fez um sinal negativo). Ela também não sabe, e era, no entanto, sua melhor amiga. Sim, é terrível. Quer beber alguma coisa?

Mas lembrou-se logo de que não tinha nada para beber em casa.

— Vamos descer, ofereço uma bebida, vai lhe fazer bem.

Duas razões levaram Trelkovsky a fazer essa proposta. A primeira era o estado inquietante do jovem rapaz e sua palidez assustadora. A outra era o medo de um estouro que atiraria sobre ele a ira dos vizinhos.

No café, ele descobriu de Badar que este era um amigo de infância de Simone, que sempre a amara em segredo, que ele voltava do serviço militar e tinha decidido confessar-lhe seu amor e seu desejo de se casar com ela. Badar era um jovem raso e inconcebivelmente banal. Sua pena sincera se exprimia por réplicas emprestadas de romances populares. As fórmulas prontas que empregava constituíam em seu espírito, sem dúvida, uma homenagem a mais à morta. Ele era emocionante. No segundo conhaque, pôs-se a falar de suicídio. "Quero juntar-me àquela que amo", balbuciava aos soluços, "para mim a vida não vale mais a pena ser vivida". "Mas sim", replicava Trelkovsky vencido pelo estilo de seu interlocutor, "você é jovem, vai esquecer..." "Jamais", respondia Badar. "Há outras mulheres no mundo, talvez elas não a substituam, mas preencherão o vazio de seu coração, viaje, faça qualquer coisa, mas tente reagir, o senhor vai ver que dará a volta por cima." "Jamais!"

Depois desse café, foram a um outro, depois a um outro ainda. Trelkovsky não ousava abandonar o desesperado. Assim, vagaram toda a noite, enquanto Trelkovsky respondia à longa pregação do jovem rapaz com uma argumentação cerrada. Ao amanhecer, enfim, obteve de Badar um adiamento a seu projeto. Ele lhe fez a promessa de viver ao menos um mês antes de tomar uma decisão irremediável.

Voltando sozinho para casa, Trelkovsky cantarolava. Estava extenuado, e levemente bêbado, mas com excelente humor. O estilo das frases trocadas o colocara em estado de alegria. Tudo isso tinha sido tão deliciosamente artificial! Não havia nada, a não ser a realidade, que o desarmasse.

Em frente a seu prédio, um café abria. Trelkovsky entrou para tomar seu café da manhã.

— O senhor mora em frente? — perguntou-lhe o garçom.
— Sim, não faz muito tempo que estou lá.
— O senhor mora no apartamento daquela que se suicidou?
— Sim, o senhor a conhecia?
— Acho que bastante. Ela vinha aqui todas as manhãs. Eu não esperava nem ela fazer seu pedido. Trazia seu chocolate e suas duas fatias de pão. Não tomava café, porque isso a deixava nervosa demais. Ela me disse uma vez: "Se eu tomo um café pela manhã, não consigo mais dormir por dois dias".

— É verdade que ele deixa nervoso — admitiu Trelkovsky —, mas estou muito acostumado, não conseguiria mais ficar sem.

— O senhor fala assim porque não é doente, mas no dia em que a gente não pode mais, para de beber.

— Talvez — disse Trelkovsky.

— É verdade. Veja, há algo ai, é o chocolate que os deixa doentes, o fígado, o senhor entende, mas ela, ela não devia ter nada desse lado.

— Provável — consentiu Trelkovsky.

— Mesmo assim é uma infelicidade, uma jovem que se mata, dessa maneira sem que se saiba por quê. Por nada, provavelmente. Um momento de tristeza profunda, e temos bastantes deles, e, opa, se foi. Sirvo um chocolate ao senhor?

Trelkovsky não respondeu. Repensava na antiga inquilina. Bebeu seu chocolate sem se dar conta, pagou e saiu. Chegando a seu andar, percebeu que a porta do apartamento ficara entreaberta. Franziu as sobrancelhas.

— Estranho. Estava certo de ter fechado a porta.

Penetrou no interior. A luz lívida do dia adentrava entre as cortinas.

— Pronto, mudaram essa cadeira de lugar! Alguém veio aqui!

Ele não estava inquieto, mas surpreso. Pensou primeiro nos vizinhos, depois no senhor Zy, depois em Simon e em Scope. Eles teriam colocado em prática o projeto de escândalo? Com um gesto largo, abriu as cortinas. A porta do armário estava escancarada. Tudo estava jogado de qualquer jeito sobre a cama. Haviam vasculhado seus pertences.

O primeiro sumiço que ele constatou foi o do rádio. Um pouco mais tarde, descobriu a ausência de suas duas malas.

Ele não tinha mais passado.

Oh, não havia nada de muito precioso no interior, apenas uma máquina fotográfica, um par de sapatos, alguns livros. Mas havia também fotos de quando ele era criança, de seus pais, de alguns de seus amores de adolescente, cartas, algumas lembranças vindas dos lugares mais distantes de sua vida. As lágrimas lhe embaralharam a vista.

Ergueu um de seus sapatos e o arremessou ao outro lado do cômodo. O gesto o aliviou.

Bateram na parede.

— Sim, eu sei que eu faço muito barulho! — gritou — Mas deviam ter batido há pouco, não agora!

Recompôs-se.

— "Afinal de contas, não é culpa deles. Sem contar que eles devem ter mesmo batido há pouco."

O que ele devia fazer? Prestar uma queixa? Sim, era isso, ele iria prestar queixa na delegacia. Olhou a hora: sete horas. A delegacia estava aberta? O melhor era ir ver. Recolocou seus sapatos e desceu a escada. Embaixo, encontrou o senhor Zy.

— O senhor fez barulho de novo, senhor Trelkovsky, isso não pode durar mais. Os vizinhos reclamam.

— Desculpe-me, senhor Zy, mas é desta noite que o senhor fala?

Sua segurança desarmou o senhor Zy. Por que já não produzia o mesmo efeito sobre seu inquilino? Sentiu-se irritado.

— Perfeitamente, desta noite. O senhor fez um barulho infernal. Eu acreditava ter conseguido fazê-lo entender que o senhor não ficaria em meu apartamento por muito tempo se continuasse a agir desta maneira. Com muito pesar, eu seria obrigado a adotar medidas...

— Eu fui roubado, senhor Zy. Acabo de voltar para casa e encontrei a porta de meu apartamento aberta. Estava indo à delegacia prestar queixa.

O proprietário mudou de expressão. Sua fisionomia severa de alguns segundos antes tornou-se ameaçadora.

— O que o senhor quer dizer? Meu prédio é respeitável. Se o senhor pretende levar vantagem inventando fábulas...

— Mas é verdade! O senhor não entende o que isso significa: fui saqueado. Me roubaram!

— Entendo perfeitamente. Sinto muito pelo senhor. Mas por que ir à delegacia?

Foi a vez de Trelkovsky ser interrogado.

— É... para contar o que aconteceu. Para que saibam o que me pertence caso peguem os ladrões.

O senhor Zy mudara de novo de expressão. Tinha se tornado benevolente e paternal agora.

— Escute, senhor Trelkovsky, meu prédio é um lugar honesto. Meus inquilinos são inquilinos honestos...

— Não se trata disso...

— Deixe-me terminar. O senhor sabe como são as pessoas. Se os policiais vêm aqui, sabe lá Deus o que vão falar. Sabe com que cuidado eu escolho meus inquilinos? O senhor mesmo, só lhe cedi esse apartamento quando me convenci de sua honestidade. Do contrário, o senhor pode ter certeza, se tivesse me oferecido dez milhões, eu teria rido na sua cara. Se o senhor for à delegacia, os policiais vão fazer perguntas, inúteis claro, mas que terão uma influência desastrosa sobre a opinião dos inquilinos. E não digo isso só por mim, pelo senhor também.

— Por mim?!

— Isso pode lhe parecer insensato, mas os indivíduos que têm coisas com a polícia são sempre malvistos. Sei que desta vez o senhor está em seu direito, mas os outros não saberão de nada. Vão suspeitar do senhor por Deus sabe lá o quê, e eu também, pelo mesmo motivo. Não, confie em mim. Eu conheço o delegado, falarei com ele. Ele verá o que pode fazer. Assim, ninguém o acusará de não ter cumprido seu dever e evitamos os inconvenientes dessas histórias.

Trelkovsky, embasbacado, aceitou.

— A propósito — adicionou o senhor Zy —, a antiga inquilina usava pantufas depois das dez da noite. Era muito mais agradável para ela e para os vizinhos de baixo.

SEGUNDA PARTE
OS VIZINHOS

VII
A batalha

A batalha gerava raiva no interior do prédio. Escondido atrás da cortina, Trelkovsky observava rindo o espetáculo que acontecia no pátio interno. Desde os primeiros sinais da disputa, apressou-se em apagar todas as luzes, para não ser acusado erroneamente no futuro.

Tudo vinha do prédio da frente, onde o quarto andar festejava um aniversário. Os cômodos estavam iluminados de uma forma provocante. Risos e músicas escapavam das janelas, apesar de estarem hermeticamente fechadas por causa do frio. Trelkovsky pressentira imediatamente o caminho trágico que a festa tomaria. Benzeu-se pelos causadores da perturbação. "Apesar de que estes são como os outros, pois eu já os ouvi reclamar do barulho causado pelos inquilinos do quinto. Que os lobos se devorem entre si!", pensou ele.

A primeira reação fora uma voz de queixa, apesar de ser um gemido, pedindo silêncio para uma mulher doente. Não houvera resposta. A segunda manifestação, muito mais direta, foi: "Vocês não poderiam se calar aí? Trabalhamos amanhã!", também sem resposta. Novamente risos e música. Trelkovsky apreciava o valor do escândalo dessa felicidade sonora. Um silêncio pesado de ameaças espalhou-se pelo restante do prédio. Uma a uma, as luzes foram apagadas para provar a todos a vontade de dormir dos inquilinos. Foi com a certeza do bom-senso deles que duas vozes viris tinham, então, mais uma vez, pedido silêncio, sem meias palavras. O diálogo começou imediatamente.

— Não se tem mais o direito de comemorar um aniversário?

— Bom, isso já basta, não? Deixamos vocês comemorarem até o momento, agora vocês precisam ficar quietos. Trabalhamos amanhã!

— Mas nós também trabalhamos amanhã; de qualquer forma, temos o direito de nos divertirmos um pouco, não?

— Cale-se, amigo, dissemos para calar a boca, não entendeu?

— Não, mas então diga, se o senhor acha que me coloca medo, está cometendo um erro! Não gosto muito que me deem ordens. Faremos o que quisermos!

— Ah é? Então desça um pouco para ver, vamos ver se você continua bancando o esperto!

— Cale a boca!

Ao chegar a esse ponto, os dois interlocutores jogavam um na cara do outro uma série de insultos cujas vulgaridade e frieza faziam Trelkovsky corar. Todos os convidados do quarto andar cantaram uma música para provar sua solidariedade com o anfitrião. Esta suscitou imediatamente reações atrás das janelas antes silenciosas. Uma avalanche de "calem a boca" chegou até os festeiros. E as duas vozes viris do começo decidiram, após uma curta discussão, descer para fazer justiça com os inimigos.

Os convidados só desceram depois de muita insistência, mas sabia-se que eles não poderiam resistir por muito tempo.

Lá embaixo as exclamações:

— Passe por lá, eu vou por aqui, você me chama se pegar um. Desçam, então, bando de canalhas!

— Escutei qualquer coisa lá, espere que eu te pego, seu lixo!

— Bando de merda, vamos ver se vocês continuam se achando os maiorais!

Trelkovsky não comemorava mais. Estava perturbado. Ele via que o ódio desses homens não era fingimento. Não estavam brincando. Sentia-se que eles encontraram instintivamente seu comportamento de guerra, que eles se lembravam bruscamente das coisas aprendidas nas forças armadas. Não eram mais calmos inquilinos, mas sim assassinos caçando. Colado ao vidro, ele seguia a evolução do conflito. As duas vozes viris, após um movimento rotativo, acabavam de se juntar.

— Você não viu nada?

— Não, trombei com um no corredor, mas ele me disse: "Não sou eu! Não sou eu!", então deixei-o ir!

— Eles não descem, os canalhas! Mas precisam ir uma hora ou outra e, então, atenção com seu focinho sujo.

As janelas do quarto se abriram com estrondos.

— Vocês pediram isso! Vamos descer, não se preocupem. Podem bancar os espertos, veremos isso daqui a pouco!

Apesar da distância, Trelkovsky ouviu muitos passos abalarem os degraus da escada, enquanto no pátio as vozes triunfavam.

— Ah, demoraram, mas vieram! Vamos quebrar a cara desses canalhas, desses merdas, vamos ensiná-los a calar seu focinho sujo!

O encontro deve ter acontecido na entrada, perto das lixeiras, pois Trelkovsky ouviu diversas delas sendo reviradas barulhentamente em meio a gritos de raiva e de injúrias. Depois alguém começou a correr, embaixo, procurando chegar até a escada. O fugitivo foi encontrado por uma silhueta que se jogou selvagemente sobre ele. Os dois homens rolaram estreitamente entrelaçados. Debatiam-se e escoiceavam-se com uma agilidade inacreditável. Um agarrou enfim a parte de cima do outro e segurando a cabeça de seu adversário começou a batê-la metodicamente contra o chão.

As sirenes do carro de polícia encobriram os gritos histéricos das mulheres. Os policiais, uniformizados, invadiram violentamente o prédio. Em um piscar de olhos, não havia mais ninguém. As sirenes desapareceram na noite, a calma voltou a reinar.

Naquela noite, Trelkovsky sonhou que se levantava de sua cama e a afastava da parede, e que, lá, dissimulado pelo encosto, ele descobria uma porta. Impressionado, ele abria tal porta e entrava no grande corredor. Na verdade, um túnel. O túnel avançava pelo chão se tornando cada vez mais largo, para terminar em uma grande sala vazia desprovida de porta e de janelas. As paredes não tinham absolutamente nada. Ele pegava novamente o túnel, voltava para a porta atrás da cama, e lá percebia que ela tinha, ao lado do túnel, uma fechadura nova e brilhante. Mexia a maçaneta que funcionava perfeitamente, sem ranger. Ele fora, então, invadido por um grande terror, perguntando-se quem tinha colocado a fechadura, de onde vinha esse ser, aonde ele fora e porque ele tinha deixado a fechadura aberta?

Batidas ressoaram na porta. Trelkovsky acordou sobressaltado.

— Quem está aí? — perguntou ele.

— Eu — respondeu uma voz feminina.

Vestiu-se com um roupão antigo para ir abrir.

Uma mulher estava na soleira, acompanhada de uma jovem de uns vinte anos. Pela expressão de seus olhos, Trelkovsky percebeu imediatamente que a jovem era muda.

— O que a senhora deseja?

A mulher, que devia ter perto de sessenta anos, mergulhou seus olhos bem pretos nos de Trelkovsky. Ela tinha um papel na mão.

— Foi você, senhor, que fez uma queixa contra mim?

— Uma queixa?

— Sim, uma queixa por algazarra noturna.

Trelkovsky estava pasmo.

— Eu jamais fiz uma queixa!

A mulher explodiu em soluços. Apoiou-se na jovem que encarava Trelkovsky fixamente.

— Registraram uma queixa contra mim. Recebi este papel esta manhã. Nunca faço barulho. É ela que faz barulho. Toda a noite.

— Quem é "ela"?

— A velha. É uma velha chata, senhor. Está tentando me prejudicar. Porque tenho uma filha deficiente, ela aproveita.

A mulher ergueu o vestido da jovem. Mostrou a Trelkovsky o sapato ortopédico que envolvia o pé esquerdo dela.

— Porque tenho uma filha deficiente, ela é hostil comigo. E agora acabei de receber esta carta porque faço algazarra à noite! Não foi você, senhor, que fez esta queixa?

— Eu? Mas eu nunca fiz uma queixa!

— É, então é ela. Estive embaixo, eles também não fizeram nenhuma queixa. Disseram-me que talvez pudesse ser você. Mas deve ser essa velha.

Seu rosto estava inundado de lágrimas.

— Eu não faço barulho, senhor. À noite, eu durmo. Não sou como ela. Inclusive, eu queria fazer uma queixa contra ela. É uma velha, senhor, e como todas as velhas, à noite, não consegue dormir, então ela anda, fica dando voltas no apartamento, desloca móveis, me impede de dormir, eu e minha filha deficiente. Sofri como um cachorro para encontrar este pardieiro onde nós vivemos, senhor, eu vendi minhas joias, dei meu sangue, e se esta velha me enxotar, não sei para onde iremos. Você sabe o que ela fez, senhor?

— Não.

— Ela encaixou uma vassoura na minha porta, para me impedir de sair, senhor. Ela fez de propósito, e quando eu quis sair, de manhã, eu percebi que não podia. Tirei a vassoura, e acabei batendo o ombro. Fiquei com um roxo enorme. Sabe o que ela me disse? Ela me disse que não tinha feito de propósito. E agora, faz uma reclamação, eu preciso ir à delegacia. Se ela me expulsar...

— Mas ela não pode expulsá-la — disse Trelkovsky, emocionado —, ela não pode fazer nada contra a senhora.

— O senhor acha? Sabe, senhor, nunca faço barulho...

— Mesmo se fizesse barulho! Não temos o direito de jogá-la na rua, se a senhora não tem para onde ir. Não temos o direito.

A mulher terminou indo embora. Agradeceu Trelkovsky choramingando e começou a descer a escada apoiada em sua filha.

Onde ela morava? Trelkovsky jamais a havia visto. Debruçou-se sobre o corrimão para ver de onde ela vinha. Mas ela não parou em nenhum andar. Desapareceu de seu campo visual sem lhe dar nenhuma informação.

Entrou em sua casa pensativo, e indo fazer sua higiene pessoal, e depois, se vestindo para ir ao escritório, refletiu sobre esse negócio da queixa. Para dizer a verdade, ela lhe parecia suspeita. Primeiro, ele não sabia onde essa mulher morava, depois achava estranho que os inquilinos de baixo, os proprietários, tenham dado seu nome como um eventual reclamante. Será que eles não queriam mais lhe mostrar o que lhe aconteceria se ele persistisse na sua conduta? Essa mulher, sem querer maldizê-la, não teria sido paga para encenar um papel? Quem era essa inverossímil velha que era o centro de seu discurso? Alguma coisa parecia falsa.

Desceu a escada com passos silenciosos. Não precisava encontrar o senhor Zy. Dobrou os joelhos diante de sua caixa de correio na entrada para ver se não havia cartas lá dentro. Havia duas cartas.

Uma era destinada à senhorita Choule, a outra, a ele mesmo. Não era a primeira vez que ele recebia carta destinada à senhorita Choule. No começo, tinha aversão a abrir e saber do que se tratava. No entanto, pouco a pouco, a fascinação foi mais forte. Acabou cedendo. A carta para ele não tinha importância, uma carta publicitária redigida à máquina. Com ela fez uma bola que jogou na lixeira ao passar. Atravessou a rua para tomar seu café da manhã. O garçom lhe recebeu com um grande bom dia.

— Um cafezinho? Muito nervoso? Sem chocolate?

— Sim, é isso, um chocolate e duas fatias de pão.

Chamou o garçom antes que ele voltasse com as fatias.

— O senhor me daria também um maço de cigarros Gauloises bleues.

O garçom se desculpou.

— Está faltando, atualmente. É preciso que eu vá procurá-los.

— Que outro o senhor tem?

— Os blondes, os Gitanes... a antiga inquilina fumava sempre os Gitanes. Quer um?

— Pode ser os Gitanes, então, mas sem filtro.

— Certo. Ela também não gostava.

Trelkovsky tinha aberto a carta destinada a Simone Choule. Ele leu: "Senhorita, desculpe-me pela liberdade que tomo de lhe escrever. Foi um amigo em comum, Pierre Aram, que me deu seu endereço. Ele me disse que você poderia me fornecer uma informação de que preciso. Vivo em Lyon, onde trabalho em uma livraria como vendedora. Mas tenho de mudar para viver em Paris. Propuseram-me uma oportunidade em uma livraria situada no número 80 da rue de la Victoire. Devo dar uma resposta esta semana, mas estou preocupada pois me ofereceram um outro emprego em uma livraria situada, esta, no número 12 da rue de Vaugirard. Não conheço Paris e não sei nada sobre essas duas lojas. Como terei uma porcentagem sobre as vendas, gostaria de saber um pouco mais sobre elas.

"Pierre me disse que você seria amável o suficiente para ir até lá verificar e me enviar sua apreciação sobre a escolha que devo fazer.

"Tendo consciência do incômodo que estou causando, reconhecerei extremamente o envio de sua resposta o mais rapidamente possível. Envio também um envelope timbrado para a resposta. Agradeço mais uma vez, queira etc... etc..."

Seguiam o nome e o endereço da jovem. Um envelope timbrado estava efetivamente com a carta.

— Preciso responder — murmurou Trelkovsky —, isso não me incomodará muito.

VIII
Stella

Trelkovsky saía do cinema onde tinha visto um filme sobre Luís XI. Depois de ter lido os romances históricos que tinham pertencido a Simone Choule, ele se apaixonava por tudo o que tinha um traço histórico. Do lado de fora, reconheceu Stella.

Ela estava rodeada de amigos. Três jovens homens e uma moça. Ela saía sem dúvida do mesmo cinema. Hesitou em abordá-la, mas sentia necessidade disso, não tanto para vê-la, mas para se encontrar na companhia de pessoas que ele não conhecia. Depois que fugira de Scope e Simon, vivia praticamente sozinho e estava atormentado pelo desejo de estar em sociedade.

Aproximou-se para perceber o momento em que poderia fazer com que ela o reconhecesse. Infelizmente, ela lhe dava as costas. Estava falando com veemência do filme, pelo que pôde compreender. Pacientemente, esperava que se fizesse silêncio na conversa, o que lhe faria o favor de permitir-se manifestar sua presença. O grupo, inicialmente imóvel, começou lentamente a andar, e Trelkovsky foi obrigado a seguir o movimento. Assim, ele parecia escutar atrás da porta. Não tinham percebido sua presença ainda, mas isso sem dúvida não demoraria. Era preciso agir antes que um pré-julgamento desfavorável o condenasse diante dos outros. O que ele devia dizer? Se chamasse simplesmente "Stella'", ela não acharia isso muito familiar? O que seus amigos iriam pensar? E depois, certas pessoas detestam ser chamadas pelo primeiro nome em um lugar público. Além disso, também não poderia gritar "ei" ou "ou", seria muito arrogante. Pensou em "por favor!", mas isso não era melhor. Bater nas mãos dela? Mal-educado. Estalar os dedos? Era bom para chamar um garçom no café e olhe lá! Resignou-se a tossir.

Naturalmente, ela não o escutou. Naquele momento, ele soube o que deveria dizer:

— Eu não a incomodo?

Ela pareceu sinceramente feliz em vê-lo.

— Claro que não. Não mesmo.

Ela o apresentou em termos vagos a seus amigos, que eram também, precisou para Trelkovsky, amigos de Simone. No começo, ele não entendeu de quem ela falava, mas, quando compreendeu, se apressou em adotar uma expressão entristecida.

— Eu quase não a conheci, infelizmente — suspirou ele.

Alguém propôs que fossem tomar algo em uma cervejaria. Todos concordaram. Logo eles se reencontravam, sentados em torno de uma grande mesa de plástico vermelha. Trelkovsky estava sentado ao lado de Stella, cujas coxas, ao se acomodarem sobre a banqueta, roçavam a perna da calça dele. Ele tendia a fugir de seu olhar, mas se esforçou a encará-la. Ela sorriu para ele.

Ele achou seu sorriso obsceno. Todos os seus gestos, aliás, lhe pareciam cheios de segundas intenções. Ela só devia estar pensando em fazer amor. A forma como bebia a espuma de sua cerveja, com pequenos movimentos da língua, era significativa. Sua pele devia estar cheia de impressões digitais! Uma gota de cerveja escapou de seus lábios e rolou ao longo do queixo e depois do pescoço. Ela a esmagou sensualmente com o polegar na altura da clavícula. A pele esbranquiçou-se com a pressão, depois recuperou imediatamente sua cor rósea. Ao se apoiar sobre a mesa para repousar o copo, seu mantô deslizou atrás das costas. Ela conseguiu ajeitar-se girando o busto, o que fez seus seios balançarem.

Visto de lado, seu peito provocava numerosas dobras da blusa sob a axila. Ela devia ter consciência disso pois passou a palma da mão aberta nesse lugar, para alisá-lo. Esse gesto fez aparecer o sutiã em relevo sobre o tecido da blusa. Devia ser um sutiã com aro. Sim, ele se lembrava, era um sutiã com aro.

E mais abaixo? A saia estava esticada sobre os quadris. A posição sentada fazia aparecerem diversas dobras que formavam uma barra na parte de baixo do ventre em toda a sua largura. A calcinha e as cintas-ligas estavam, aqui também, indicadas em relevo. A saia curta quase não chegava aos joelhos redondos. Ela cruzou as pernas. A meia-calça lhe dava uma cor de *pretzel*. Ela puxou sua saia e continuou seu gesto em um carinho sobre a perna. Suas unhas passando sobre as malhas de náilon produziam um barulho estranho. Com a ponta do pé esquerdo, ela coçava mecanicamente a panturrilha direita. Ela riu:

— E se a gente fosse para a minha casa? —, propôs um dos jovens.

Ela se levantou e deu meia-volta para recuperar seu mantô. Inclinou-se para desamassar uma manga sobre a qual estava sentada. A blusa esticou. Pela fenda, ele viu o sutiã. Os seios sobressaíam levemente. Ela os fazia balançar ao agitar seu mantô. Eles eram muito brancos, exceto por uma linha vermelha que marcava o lugar onde a parte superior do sutiã geralmente os comprimia.

O garçom do café guardou as moedas, depois rasgou o tíquete para atestar que eles tinham pago.

— Você vem? — perguntou Stella.

Ele hesitou, mas o medo de se ver sozinho motivou sua decisão.

— Se você quiser.

Era do lado. O jovem a quem pertencia o apartamento os fez sentarem-se, e depois foi buscar bebidas na geladeira. Tinha se transformado subitamente em anfitrião. Sentia-se que era verdadeiramente o dono. Colocou um disco na vitrola, deu um copo a cada um, passou as garrafas, o balde de gelo e pequenas amêndoas salgadas. Por qualquer motivo, ele se perguntava: "Tudo bem? Não está faltando nada?". Ele era irritante com suas preocupações. Eles começaram a conversar.

— Sabe onde eu vi Simone pela última vez? Não? Foi no concerto Lamoureux, a gente se encontrou por acaso. Eu lhe perguntei se tudo ia bem, ela me respondeu que sim. Mas via-se bem que as coisas não estavam tão certas.

— Eu ainda tenho um livro que ela me emprestou. Um romance de Michel Zévaco. Ainda não o li.

— Ela não gostava da moda deste ano. Achava que não tinha nenhuma elegância. Tirando Chanel, tudo lhe parecia horrível.

— Ela me disse que tinha vontade de comprar a "Quarta Sinfonia" de Beethoven na edição do clube.

— Ela detestava os animais...

— Não, ela tinha medo deles.

— Não gostava de filmes americanos.

— Ela tinha uma bela voz, mas pouco treinada.

— Esteve na Côte d'Azur nas férias.

— Tinha medo de engordar.

— Ela não comia nada.

Trelkovsky bebia com pequenos goles regulares o álcool que preenchia seu copo. Não falava, mas escutava com muita atenção. Cada informação era uma revelação para ele. Então ela não gostava disso? Olha! E ela gostava daquilo! Extraordinário! Morrer quando se tem um gosto tão preciso! Era como se faltasse continuação nas ideias! Ele chegou a fazer perguntas para conhecer mais detalhes. Comparava mentalmente seus gostos com os dela. Quando não coincidiam, ele sentia uma felicidade absurda. Era muito estranho. Por exemplo, ela odiava jazz, ao passo que ele, adorava. Ela amava Colette, ele nunca tinha conseguido ler uma só página. Ele definitivamente não gostava de Beethoven, sobretudo das sinfonias. A Côte d'Azur era uma das regiões da França que menos o atraíam. Ele continuava, contudo, a se informar com tenacidade, recompensado pela mínima similaridade de gosto.

O jovem homem na casa de quem estavam convidou uma moça para dançar. Um outro convidou Stella. Trelkovsky se limitou a beber. Estava levemente bêbado. O terceiro jovem, que não dançava, tentou começar uma conversa com ele, mas Trelkovsky não respondeu. Após a primeira dança, Stella veio perguntar-lhe se ele queria dançar com ela. Ele aceitou.

Não tinha o hábito de dançar, mas sua embriaguez o inspirava. Eles dançaram várias músicas lentas bem devagar, um roçando no outro. Agora Trelkovsky ridicularizava aquilo que poderiam pensar os jovens. No meio da dança, ela cochicha em seu ouvido perguntando se ele queria que ela fosse à casa dele. Ele moveu a cabeça negativamente. O que ela teria pensado se tivesse descoberto seu endereço! Ela não disse nada, mas ele percebeu que ela estava envergonhada. Ele, por sua vez, cochichou: "E em sua casa, a gente não pode ir?". Ela sorriu, serena. "Sim, é possível." Ela devia estar comovida, pois segurou-o um pouco mais forte nos ombros. Ele não a entendia.

Na casa dela, tudo revelava seu sexo. Na parede, ela pregara reproduções de Marie Laurencin,* conchas envernizadas, fotos cortadas de uma revista feminina. O chão estava coberto com um tapete de palha. Garrafas vazias decoravam uma bancada da cozinha. Só havia um cômodo, a cama estava embutida na parede.

Ela se deitou. Ele seguiu seu exemplo. Sabia o que devia fazer naquele momento. Começou a desabotoar a roupa dela. Quando não conseguia mais, ela o ajudou. Seu rosto estava mais cafajeste do que nunca. Ela previa o que ia acontecer e se divertia sem pudor. Apesar de seu desejo, Trelkovsky não conseguia se excitar. Talvez por causa da bebida, mas também porque, inexplicavelmente, essa mulher lhe causava horror.

Naquele momento, ela estava mais excitada que ele. Foi ela quem tirou o cinto e baixou a calça dele. Foi ela também que tirou sua cueca. Ele disse a si mesmo, pateticamente: "Aí está, lá vamos nós".

Ele prendeu firmemente os dois bicos dos seios dela, depois escalou com dificuldade seu corpo escorregadio. Ele fechou os olhos. Tinha muito sono.

Ela se sacudia, dava pequenos gritos e o mordia. A dificuldade que tinha para provocar essa ilusão de frenesi o fez sorrir. Ela agarrou seu sexo e o dirigiu. Ele a penetrou metodicamente. Imaginava, enquanto

---

* Pintora cubista francesa, 1883-1956. (N.T.)

se dedicava, que ela era uma estrela de cinema. Depois, a estrela de cinema deu lugar à filha de um padeiro onde há muito tempo ele comprara seu pão. Ela se curvou.

Parecia, agora, que ali havia duas mulheres sobre ele, depois três. Pensou em uma foto erótica que tinha apreciado na casa de Scope. Ela representava três mulheres mascaradas, nuas com meias pretas, que se mexiam sobre um homem muito peludo. Depois ele repetiu a palavra "coxa". Parou para retraçar um episódio de sua infância em que ele conseguia permissão para tocar no seio de uma menina. Lembrou-se também de outras mulheres, com as quais ele tinha feito o que estava fazendo naquele momento. Ela deixou escapar um barulho da garganta.

O filme que acabara de ver lhe veio à memória. Havia uma cena em que se assistia a uma tentativa de estupro. A noiva do herói era a bela vítima, que, contudo, escapara no último momento. A sequência seguinte mostrava La Balue em sua gaiola.* Luís XI ria sinistramente obrigando-o a cantar. Isso seria divertido, pensou Trelkovsky, se ao invés de um canário as velhas levantassem La Balue em suas gaiolas. Stella gemeu.

Quando tudo acabou, ele soube beijá-la muito ternamente. Ele não queria, sobretudo, causar desgosto. Depois eles dormiram.

Trelkovsky não demorou para acordar. Seu rosto estava molhado de suor. A cama balançava sob ele. Conhecia bem essa sensação, e sabia por experiência que devia ir o mais rapidamente possível ao banheiro. Tateou para encontrar o interruptor, pois Stella tinha apagado a luz antes de dormir. Levantou cambaleando e encontrou a porta do banheiro que era ao lado da da cozinha. Ajoelhou-se diante da bacia do banheiro e colocou seu antebraço sobre a borda, apoiou seu rosto embaixo. Ele tinha a cabeça logo abaixo do poço circular no qual a água produzia um surdo murmúrio. Seu estômago virou-se do avesso e ele vomitou.

Não foi desagradável. Foi como uma liberação. Um forma de suicídio de algum modo. Essas matérias que saíam pela sua boca depois que ele as havia ingerido, não lhe causavam nojo. Não, elas eram com-

---

* Jean de la Balue (c.1421-1491), cardeal francês e ministro de Luís XI. Quando caiu em desgraça junto ao monarca, teria sido aprisionado numa gaiola de ferro. (N.E.)

pletamente indiferentes para ele, como ele mesmo, aliás. Só quando vomitava via que a vida lhe era indiferente. Esforçava-se para fazer o menor barulho possível e sentia um certo conforto na posição em que se encontrava.

Sentiu-se melhor. Repensou o que tinha acabado de acontecer. Um arrepio o percorreu. Era, de um momento a outro, muito mais receptivo ao charme de Stella. Ele se excitou tanto que foi necessário aliviar-se.

Puxou a descarga uma primeira vez e, depois de ter escutado que o reservatório estava cheio, uma segunda. Ele não apresentava mais o menor traço de seu mal-estar. Ele saiu contente.

Uma energia nova preenchia seu corpo. Ele gargalhava interiormente, sem motivo. Vejamos, ele não iria mais voltar a dormir! Se acordasse aqui no dia seguinte, estaria novamente deprimido. Vestiu-se silenciosamente, aproximou-se da cama para dar um beijo na testa de Stella e saiu. O frio seco que reinava lá fora lhe fez bem. Voltou para casa a pé. Lavou-se completamente, fez a barba e se vestiu. Sentado sobre a beirada de sua cama, esperava o momento de ir ao escritório.

Escutou os passarinhos. Havia um que começava o concerto, em seguida, todos os outros o acompanhavam. Para dizer a verdade, não era um concerto. Ao escutar atentamente, impressionava a semelhança com o barulho de uma serra. Uma serra que vai e vem. Trelkovsky nunca entendeu por que se comparava o barulho dos passarinhos com o da música. Os passarinhos não cantam, eles gritam. E, pela manhã, eles gritam em coro. Trelkovsky gargalhou: não era o cúmulo chamar um grito de canto? Perguntou-se o que aconteceria se os homens adotassem esse hábito de saudar o novo dia com o coro de seus gritos de desespero. Mesmo supondo, sem exagero, que fossem só aqueles que têm razões suficientes para gritar, isso resultaria em uma grande balbúrdia.

Percebeu uma agitação no saguão do prédio. Golpes de martelo ecoavam. Ele olhou pela janela, mas tinha dificuldade para distinguir na penumbra, depois entendeu: estão consertando a cobertura de vidro.

IX
A petição

A zeladora devia estar esperando por sua volta já que lhe acenou por trás do vidro de sua cabine. Levantou a janela para chamá-lo mais alto que o necessário.

— Senhor Trelkovsky!

Ela não conseguia pronunciar o s entre o v e o k, e dizia "Trelkovky". Ele se aproximou, um sorriso vindo nos lábios.

— O senhor viu a senhora Dioz?

— Não, por quê?

— Então lhe direi que o senhor voltou. Ela irá falar com o senhor.

— Sobre o quê?

— O senhor vai ver, o senhor vai ver.

Abaixou o vidro para não continuar a conversa. Sacudiu simplesmente a cabeça de alto a baixo em sinal de tchau, depois, sem ocupar-se mais dele, virou as costas para vigiar sua refeição no forno.

Ligeiramente intrigado, Trelkovsky voltou a seu apartamento. Jogou sua capa de chuva sobre a cama, colocou uma cadeira em frente à janela e sentou-se. Ficou nessa posição durante uma meia hora. Não fazia nada, não pensava em nada precisamente, mas deixava desenrolar em seu cérebro os poucos episódios sem interesse do dia, dos quais ele se lembrava. Trechos de frases, gestos sem significado, rostos entrevistos no metrô.

Depois disso, ele se levantou e circulou de um cômodo a outro, até que lhe veio a ideia de parar em frente ao pequeno espelho que ele pregara na parede, acima da pia. Olhou-se por um instante, impassível, inclinou a cabeça para a esquerda, para a direita, levantou-a para ver os dois grandes buracos de suas narinas, depois passou a mão sobre o rosto, bastante lentamente. Sentiu com a ponta do dedo a presença de um pequeno pelo na extremidade superior do nariz. Colou seu nariz no vidro para vê-lo. Um pequeno pelo castanho que emergia de um poro. Voltou à cama para pegar uma caixa de fósforos do bolso da capa. Escolheu cuidadosamente dois deles para a limpeza da seção com a parte sem pólvora. Voltou ao espelho e, com a ajuda de dois fósforos servindo de pinça, tentou arrancar o pelo. Os palitos escorregavam, ou ele não tinha conseguido pegar o pelo, e no último momento, ele se escondia. Com paciência, entretanto, conseguiu. O pelo era maior do que ele havia suposto.

Por falta do que fazer, pressionou alguns cravos em sua testa, mas não se interessou o suficiente. Deitou-se na cama, seus olhos se fecharam, mas ele não dormia.

Contou a si mesmo uma história.

"Estou sobre um cavalo à frente de dez mil cossacos Zaporog exaltados. Há três dias nossos cavalos vencem a tundra com seus cascos frenéticos. No horizonte vêm em nossa direção, na velocidade de um relâmpago, dez mil cavaleiros inimigos. Nós não desviamos um milímetro, o choque das duas tropas é aterrorizante. Fui o único a ficar na sela. Saco meu sabre curvo e golpeio a massa de homens em terra. Não olho nem a quem se destinam meus golpes. Golpeio e corto. Em pouco tempo, a planície está coberta só por restos sangrentos. Bato o salto das minhas botas nos flancos do meu cavalo que relincha de dor. O vento me corta o rosto como um canivete. Atrás de mim, escuto os gritos de meus dez mil cossacos... Não, atrás de mim eu escuto... não. Ando pelas ruas de uma cidade, à noite. Um barulho de passo me faz virar. Percebo uma mulher que tenta escapar de um marinheiro bêbado. Agarrou sua blusa que se rasgou. A mulher está seminua. Precipito-me sobre a besta e a faço rolar pelo chão com um empurrão. Ele não levanta mais. A mulher se aproxima de mim... não, a mulher se salva... não. O metrô às seis horas. Ele está cheio. Na estação, as pessoas tentam entrar nos vagões. Empurram aqueles que já estão dentro com suas bundas, pegando apoio em cima da porta. Chego e empurro com um grande golpe. Toda a multidão que estava no vagão derruba as paredes que a continha e se espalha sobre o trilho. O trem vindo no outro sentido esmaga a massa fervilhante de viajantes. Ele avança em um mar de sangue..."

Será que bateram? Sim, bateram.

Devia ser a misteriosa senhora Dioz.

A velha mulher que estava sobre o corredor o chocou. Seus olhos estavam vermelhos, a boca desprovida de lábios, e seu nariz quase tocava a ponta do queixo.

— Tenho de falar com o senhor — disse ela com uma voz impressionantemente clara.

— Entre, senhora.

Ela avançou sem cerimônia até a porta do segundo cômodo sobre o qual lançou olhares furtivos. Sem fixar Trelkovsky, ela lhe estendeu uma folha de papel quadriculada, ele a tomou e constatou que ela estava repleta de numerosas assinaturas. Do outro lado da folha, um texto de algumas linhas estava escrito cuidadosamente com tinta violeta. Era uma declaração pela qual os abaixo-assinados protestavam contra uma certa senhora Gadérian que fazia barulho depois das dez horas. A velha dirigira sua atenção a Trelkovsky e observava as reações em seu rosto.

— Então? O senhor assina?

Trelkovsky sentiu-se ficar pálido como se precisasse levar um lenço à boca.

Que cinismo propor-lhe isso! Para mostrar-lhe o que o esperava, sem dúvida! Queriam forçar-lhe a mão exercendo sobre sua pessoa uma chantagem ignóbil. Ela antes, ele em seguida, e se ele não quisesse assinar para ela agora, ele seria o primeiro a sofrer o contragolpe de sua recusa. Ele procurou a assinatura do senhor Zy na lista. Ela estava bem colocada, com um certo espaço branco em volta em sinal de respeito.

— Quem é esta senhora Gadérian? — articulou com dificuldade. — Não a conheço.

A velha soltou furiosa.

— Só se escuta ela depois das dez horas! Ela anda, faz barulho, lava sua louça no meio da noite. Acorda todo mundo aqui. Torna a vida dos inquilinos impossível.

— Ela não vive com uma jovem deficiente?

— De jeito nenhum, ela vive com seu filho de catorze anos. Um vagabundo que se diverte saltando num pé só todo o dia!

— A senhora tem certeza? Enfim, quero dizer, a senhora está absolutamente certa de que ela não vive com uma jovem?

— Claro, pergunte à zeladora. Todos lhe dirão.

Trelkovsky tomou impulso.

— Lamento, não assino nenhuma petição. Aliás, essa mulher nunca me incomodou, eu nunca a escutei. Onde ela mora exatamente?

A velha evitou a última questão.

— Como o senhor quiser. Não o forço, mas depois se ela acordá-lo à noite, não venha me procurar. Será sua culpa.

— Entenda-me, senhora. A senhora tem sem dúvida suas razões, não quero contrariá-la, mas não tenho de assinar. Ela talvez tenha igualmente as suas razões para fazer barulho.

A velha sorriu com ar de desgosto.

— Suas razões! Há! O senhor me faz rir. Ela é assim, e isso é tudo. Ela é irritante. Sempre há pessoas que querem irritar o mundo. Se os outros não se defendem, eles acabam fazendo o que querem. Eu não aceito que façam o que quiserem comigo, eu não permitirei isso. Irei atrás dos meus direitos. Se o senhor não quer nos ajudar, a vontade é sua, mas não venha reclamar mais tarde. Devolva-me isso.

Ela arrancou das mãos de Trelkovsky sua preciosa folha. Sem se despedir, saiu pela porta que fechou logo atrás com violência.

— Canalhas! Canalhas! — jurou Trelkovsky entre os dentes. — Canalhas! O que eles querem, que todo mundo se arrebente para lhes agradar. E talvez isso não seja suficiente a esses canalhas, esses canalhas!

A raiva fazia-o tremer. Ele desceu para comer no restaurante, mas quando voltou ainda estremecia de cólera. Dormiu rangendo os dentes.

Na noite seguinte, foi a mulher acompanhada da jovem deficiente que veio bater em sua porta, um pouco antes da dez horas. Ela não chorava mais. Seu olhar estava duro e chateado, mas relaxou um pouco diante de Trelkovsky.

— Ah! O senhor viu? Ela fez um abaixo-assinado. Ela conseguiu. Serei obrigada a ir embora. Que mulher chata! E todos eles assinaram! Menos o senhor. Eu vim agradecê-lo. O senhor é bom.

A jovem olhava fixamente para Trelkovsky. A mulher também o olhava com seus olhos brilhantes. Ele incomodou-se com aqueles dois olhares.

— Eu... — balbuciou ele — Eu não gosto desse tipo de coisa, e não quero estar envolvido nisso.

— Não, não — a mulher agitou a cabeça como se de repente estivesse muito cansada —, não, o senhor é bom, vê-se em seus olhos.

Ela mudou de repente.

— Mas eu me vinguei! A zeladora também é uma mulher chata, e será benfeito para ela!

Ela olhou ao seu redor para ter certeza de que ninguém podia ouvi-la, depois retomou abaixando a voz:

— Com a reclamação e o abaixo-assinado, ela me deu uma dor de barriga. Então, você sabe o que eu fiz?

A jovem deficiente olhava fixamente para Trelkovsky. Ele fez sinal de que não sabia.

— Fiz na escada!

Ela gargalhou.

— Sim, eu fiz cocô ao longo de toda a escada.

Seus olhos eram maliciosos como os de uma garotinha.

— Em todos os andares, em todos os lugares. É culpa deles, enfim, não tinham de ter me dado dor de barriga. Mas eu não fiz diante de sua casa — completou ela —, não vou lhe causar incômodos.

Trelkovsky estava horrorizado. Em um estalo, se deu conta de que a ausência de excrementos na frente da porta dele, longe de inocentá-lo, só o condenava com mais certeza. Com uma voz rouca, ele perguntou:

— Faz muito tempo?
Ela cacarejou:
— Agora. Faz um minuto. Quando eles virem amanhã, vão fazer uma cara! E a zeladora será obrigada a limpar tudo! Benfeito pra eles, benfeito.

Ela bateu as mãos. Ele ainda a escutou gritar enquanto descia a escada com cuidado. Ele se pendurou sobre o corrimão para verificar. Ela não tinha mentido. Um rastro amarelado zigue-zagueava ao longo dos degraus. Ele levou as mãos à testa.

— Certamente dirão que fui eu! Preciso encontrar alguma solução, preciso.

Ele não ia, no entanto, se meter a limpar tudo agora. Corria o risco de ser surpreendido a qualquer momento. Ele considerou fazer ele mesmo diante de sua porta, mas não tinha vontade, e refletiu que a diferença de cor e de consistência poderia traí-lo. Ele entreviu a solução.

Segurando sua náusea, pegou em sua casa um pedaço de papelão com a ajuda do qual ele recolheu um pouco de excremento dos degraus do andar de cima. O coração batia durante essa expedição, nadava entre o medo e o desgosto. Derrubou o conteúdo do papelão sobre o corredor diante de sua porta. Partiu em seguida para livrar-se do papelão no banheiro.

Estava mais morto que vivo quando voltou. Colocou o despertador para mais cedo do que de costume. Não queria ver a cena que se seguiria à descoberta.

Mas, pela manhã, não restava nenhum traço dos acontecimentos da véspera. Um forte odor de água sanitária exalava da madeira ainda úmida dos degraus.

Trelkovsky tomou seu chocolate e duas fatias de pão no café da frente.

Ele estava adiantado. Foi a pé, bem devagar, para o escritório. Enquanto andava, observava os transeuntes. Os rostos desfilavam diante dele em uma sequência quase regular, como se seus donos estivessem dispostos sobre uma esteira rolante. Rostos com grandes olhos saltados como os de um sapo, rostos magros e cortantes de homens amargurados, caras largas e moles de bebês anormais, pescoço de touros, nariz de peixes, lábio leporino. Piscando os olhos era possível imaginar que se tratava somente de um rosto que se transformava enquanto ele caminhava. Trelkovsky se impressionou com a estranheza de todos aqueles rostos. Marcianos, eles eram todos marcianos. Mas tinham vergonha, então tentavam ocultar este fato. Todas as suas monstruosas desproporções eles haviam chamado, definitivamente, de proporção, e sua feiura inimaginável, de beleza. Aliás, eles eram belos, mas não queriam concordar com isso. Eles agiam naturalmente. Uma vitrine mostrou-lhe sua imagem. Ele não era diferente. Igual, exatamente igual aos monstros. Ele fazia parte da espécie deles, mas, por uma razão desconhecida, ele era deixado de lado. Não confiavam nele. O que eles exigiam era sua obediência às regras incongruentes e leis absurdas deles. Absurdas só para ele, pois não distinguia todas as finezas e sutilezas.

Três jovens tentavam abordar uma mulher diante dele. Ela soltou uma palavra breve e se afastou com grandes passadas pouco graciosas. Eles riram muito alto e se deram fortes tapas nas costas.

A virilidade também o enojava. Ele nunca tinha apreciado essa forma de reivindicar seu corpo, seu sexo e de se orgulhar disso. Eles se vangloriavam como porcos em suas calças de homens, mas não passavam de porcos. Por que eles se fantasiam? Qual a necessidade de se vestir se todas as suas atitudes seguiam a parte de baixo e as glândulas ligadas a ela? Sorriu.

— O que pensaria um telepata se houvesse um a meu lado?

Era uma questão que ele se fazia com frequência. Às vezes, encenava os pensamentos para o telepata desconhecido que o estava sondando no momento. Ele lhe dizia todo tipo de coisa, confissões e injúrias, depois, como ao telefone, parava de pensar para escutar com todas as suas forças a resposta do outro. É claro que ela nunca vinha.

— Ele pensaria provavelmente que sou homossexual.

Mas ele não era homossexual, não tinha o espírito tão religioso para isso. Cada pederasta é um tipo de Cristo que não deu certo. E Cristo, pensava Trelkovsky, era um pederasta com os olhos maiores que a barriga. Todos esses personagens estavam enjoados da humanidade.

— Penso assim porque, apesar de tudo, sou um homem. Sabe lá Deus a opinião que eu teria se fosse uma mulher...

Ele gargalhou. Mas a visão de Simone Choule em sua cama de hospital imediatamente paralisou o sorriso em seus lábios.

X
A doença

Ele estava doente. Havia alguns dias que não se sentia bem. Arrepios percorriam suas costas, sua mandíbula se punha a tremer, sua testa, queimando, cobria-se de um suor frio. No começo, ele se recusara a se render à evidência, agia como se nada fosse. No escritório, segurava a cabeça com as duas mãos para evitar os zumbidos. A mínima escada, uma vez subida, o deixava em um estado lamentável. Não, ele não podia mais continuar assim, ele estava doente, estava acabado.

Uma sujeira qualquer introduzida no mecanismo colocava em perigo sua existência. O que seria isso? Uma pluma formando um obstáculo para a penetração de duas rodas dentadas? Uma engrenagem desregulada? Ou um micróbio?

O médico do bairro que ele consultou não lhe informou as causas da pane. Contentou-se em prescrever, a título de precaução, uma pequena dose de antibióticos, e pequenas pílulas amarelas para tomar duas vezes ao dia. Ele também havia recomendado tomar bastante iogurte. Isso parecia uma brincadeira.

— Isso mesmo, é necessário, eu lhe garanto, muitos iogurtes. O senhor repovoará seu intestino. Venha me ver novamente daqui uma semana.

Trelkovsky passou na farmácia antes de voltar para sua casa. Saiu de lá com caixinhas de papelão nos bolsos que, estranhamente, já lhe davam uma garantia.

Pouco depois de ter chegado em casa, abriu as caixas para pegar as bulas. Ele as leu metodicamente. Os medicamentos que lhe haviam sido prescritos tinham qualidades extraordinárias. Mas no dia seguinte, pela noite, não estava melhor. A seu otimismo amenizado, se sucedeu um desespero morno. Ele passou a compreender que os medicamentos não eram milagrosos e que as pequenas bulas eram apenas panfletos publicitários. Já sabia disso, para dizer a verdade, mas não podia se impedir de jogar o jogo enquanto nada lhe havia provado o contrário.

Ele estava na cama. Tinha muito calor, mas sentia que isso não era suficiente. O lençol de cima, puxado até o nariz, se molhava de saliva na altura da boca. Não tinha forças para manter os olhos piscando. Ou os deixava abertos, sem fixar nada precisamente, ou então, quando a vista ardia, baixava sobre os olhos sua cortina de pele que, quando olhava pela janela, pintava a escuridão de púrpura.

Ele se encolhia nas cobertas. Mais do que nunca tinha a aguda consciência de si mesmo. Suas dimensões lhe eram familiares. Havia gasto tantas horas observando e redesenhando seu corpo que agora se sentia como um amigo que acha o outro azarado. Procurou se distrair o mínimo possível, para não dar espaço à fraqueza. As panturrilhas estavam contra as coxas, os joelhos chegavam a quase tocar o peito, os cotovelos próximos ao corpo.

Sua obsessão era evitar que ao repousar a cabeça sobre o travesseiro de uma certa maneira, o barulho de seu coração lhe fosse perceptível. Ele se virava dez vezes antes de descobrir, enfim, uma posição privilegiada de surdez. Porque não suportava escutar esse barulho horrível que testemunhava a fragilidade de sua existência. Perguntava-se frequentemente se cada homem não tinha um número determinado de batidas que deveriam ser dadas por seu coração durante a vida. Quando, apesar de seus esforços, continuava a ouvir o coração palpitante que se debatia em seu peito, refugiava-se sem hesitação sobre as cobertas. Colocava a cabeça sob o lençol e de seus grandes olhos abertos observava seu corpo escondido na sombra. Visto assim, tinha um comportamento formidável e maciço. O cheiro irritante e pegajoso de animal o fascinava. Ele se sentia estranhamente aliviado. Precisava de seu cheiro para estar certo de sua existência. Forçava-se a peidar para que esse cheiro fosse ainda mais forte, mais insustentável. Ficava o maior tempo possível sob os lençóis, pronto para se asfixiar, mas, quando ressurgia ao ar livre, se sentia fortalecido. Duvidava menos da origem da doença, uma serenidade nova sucedia sua angústia.

À noite, seu estado se agravou. Ele acordou em lençóis encharcados de suor. Batia os dentes. Estava tão atormentando pela febre que nem tinha medo. Enrolou-se em uma coberta e foi ferver água em um pequeno fogão elétrico que era da antiga inquilina. Quando a água ferveu, preparou uma beberagem rudimentar ao despejá-la por um coador cheio de um chá velho. A bebida, com os dois comprimidos de aspirina que ele tomou ao mesmo tempo, lhe fez bem.

Deitou-se novamente, mas assim que desligou o interruptor e a escuridão voltou, teve a sensação de que o cômodo em que se encontrava diminuía de tamanho a ponto de envolver perfeitamente o volume de seu corpo. Ele sufocava. Assim que acendeu a luz novamente, o cômodo, de um salto, recuperou as dimensões normais. Livre, respirou muito forte para recuperar o fôlego.

— É idiota — murmurou ele.

Ele apagou. O quarto, como um elástico esticado que se solta em uma das extremidades, dobrou-se sobre Trelkovsky. Como um sarcófago, o quarto o cercava, o envolvia, comprimia seu peito, comprimia sua cabeça, esmagava sua nuca.

Ele já sufocava. Felizmente, no último momento, seu dedo reencontrou o interruptor. A liberação foi tão brusca quanto da primeira vez.

Decidiu dormir com a luz acesa.

Mas isso não era tão fácil! O cômodo não mudava mais de dimensões no momento. Não, era sua consistência que se metamorfoseava.

Mais exatamente, a consistência do espaço entre os móveis do apartamento.

Como se, após tê-lo inundado de água, esta se transformava em gelo. O espaço entre as coisas tinha se tornado bruscamente tão palpável quanto um *iceberg*. E ele, Trelkovsky, era uma dessas coisas. Estava novamente aprisionado. Não mais na carapaça da moradia, mas naquela do vazio. Tentou se mexer, sem sucesso, para romper essa ilusão..

Continuou prisioneiro durante mais de uma hora. Ainda não dormia. De repente, sem razão aparente, o fenômeno acabou. O feitiço estava desfeito. Para verificar, fechou um olho. Sim, ele podia se mexer. Mas seu movimento tinha desencadeado um novo processo.

Ele tinha fechado o olho esquerdo, e isso não havia dissimulado nada apesar do encolhimento do campo visual! As coisas estavam simplesmente compactadas à direita. Fechou o olho direito, incrédulo. As coisas se compactaram imediatamente à esquerda. Não era possível! Ele pegou como referência uma mancha sobre um papel e piscou os olhos. Mas, quando sua cabeça não se mexeu, era a referência que ele esquecia, e assim que se lembrava da primeira referência, não conseguia se lembrar da segunda. Insistiu em vão. Com a força de piscar o olho esquerdo e depois o direito, uma enxaqueca atroz estava declarada. A dor lhe secava o cérebro. Fechou as pálpebras, o espetáculo do quarto não desapareceu. Via tão bem quanto se suas pálpebras fossem de vidro.

Essa noite de pesadelo, enfim, terminou.

O sonho o envolveu e só o abandonou tarde, após a hora do almoço.

Ele escutava lá fora os trabalhadores que arrumavam a cobertura de vidro. Quis se levantar, mas estava muito fraco. Tinha um pouco de fome.

A solidão se manifestou em todo o seu horror.

Ninguém para se preocupar com ele, para mimá-lo, para passar uma mão fresca sobre sua testa para verificar sua febre. Estava sozinho, absolutamente sozinho, como se estivesse morrendo. Se isso acontecesse, depois de quantos dias descobririam seu cadáver? Em uma semana? Em um mês? Quem penetraria primeiro no sepulcro?

Os vizinhos, sem dúvida, ou o proprietário. Não se preocupavam com ele, mas iriam lá por causa do aluguel. Mesmo morto, não lhe permitiriam aproveitar gratuitamente dessa residência que não lhe pertencia. Tentou reagir.

— Estou exagerando, não estou tão sozinho assim. Fiquei sensibilizado com o meu destino, contudo estou certo de que procurando bem, vejamos...

Ele procurava, via, mas não, ele estava sozinho, sozinho como jamais estivera. Deu-se conta da mudança em sua vida. Por quê? O que tinha acontecido?

A impressão de ter a resposta na ponta da língua o irritou. Por quê? Devia ter uma resposta. Ele, que sempre estivera rodeado de amigos, de relações, de conhecidos de todos os tipos, que os mantinha ciumentamente pensando justamente nos dias em que precisaria, ele se encontrava em uma ilha deserta no meio de um deserto!

Como fora inconsequente! Não se reconhecia.

Os golpes de martelo dos trabalhadores o tiraram de sua desolação. Já que ninguém se preocupava com Trelkovsky, Trelkovsky o faria.

Para começar, comer.

Vestiu-se de qualquer jeito. Foi difícil descer a escada. No começo, não encontrou dificuldades, mas rapidamente os degraus de madeira se converteram em degraus de pedra. Sua superfície era grosseira e mal talhada. Ele tropeçava nas asperezas, batia-se duramente contra os cantos cortantes. Depois, da escada maior saíam inúmeras pequenas escadas selvagens com degraus irregulares, escadas nas quais não se sabia muito bem se se estava no exterior ou no interior. Nesse labirinto, ele tinha muita dificuldade em se orientar. Perdia-se constantemente. Ele chegou, depois de ter descido uma escada que se tornara rapidamente uma subida, a um teto. Não havia porta nem alçapão para continuar. Nada além de um teto branco e liso que o obrigava a abaixar a cabeça. Resignou-se a dar meia-volta. Mas, como se a escada se encontrasse em equilíbrio sobre um eixo em torno do qual ela girava, assim que ele atingia um certo nível, ela mudava. Era necessário então subir ao invés de descer, depois, descer em vez de subir.

Trelkovsky estava exausto. Há quantos séculos vagava nessa estrutura infernal? Ele ignorava. Sabia de algum modo obscuro que seu dever era avançar.

Com frequência cabeças brotavam da parede para observá-lo com curiosidade. Os rostos não tinham nenhuma expressão, mas ele escutava risadas e gozações. As cabeças nunca demoravam muito tempo. Desapareciam muito rapidamente, mas, um pouco mais longe, outras cabeças parecidas saíam para observar Trelkovsky. Teve vontade de correr a extensão da parede com uma gigantesca lâmina de barbear para cortar tudo o que a ultrapassasse. Não tinha nenhuma lâmina, infelizmente.

    Não percebeu que chegara ao térreo. Continuava a girar, a descer e a subir. Acabou por distinguir a grande abertura na entrada. A luz o fez cambalear.

    Ele já não se lembrava, agora, da meta de sua expedição. Sua fome passara. O único desejo que lhe restava era o de encontrar sua cama. Sua doença devia ser mais grave do que ele havia pensado. A subida se fez sem obstáculos. Não teve coragem de se despir. Enfiou-se nos lençóis sem tirar os sapatos. Mesmo assim, batia os dentes.

    Quando acordou, era noite. Não estava melhor, mas o atordoamento da febre o havia deixado, dando lugar a uma extraordinária sensação de lucidez. Levantou-se com facilidade. Com desconfiança, arriscou alguns passos, mas não voltou a sentir nenhuma vertigem. Tinha sobretudo a impressão de não tocar o solo. Essa melhora lhe permitiu despir-se. Aproximou-se da janela para pôr suas roupas nas costas de uma cadeira. Mecanicamente, olhou o vitrô da frente. Percebeu, agachada acima do buraco do banheiro, uma mulher que reconheceu ao primeiro olhar. Simone Choule.

    Colou seu nariz contra o vidro. Então, como se tivesse adivinhado sua presença, ela virou lentamente seu rosto na direção dele. Com uma das mãos, pôs-se a desfazer a bandagem que o cobria. Deixou aparecer apenas a metade inferior, até o começo do nariz. Um sorriso horripilante dominou sua boca. Ela não se mexeu mais.

    Trelkovsky passou a mão sobre sua testa. Gostaria de deixar o espetáculo da janela. Mas não tinha força.

    Simone Choule voltara a se mexer. Nenhum dos gestos que fez para limpar-se, depois para puxar a descarga, escapou a Trelkovsky. Ele a viu se arrumar e sair. A luz automática se apagou.

    Só então ele conseguiu afastar-se. Continuou a tirar a roupa, mas seus dedos tremiam desabotoando a camisa. Teve de tirá-la por cima para se desvencilhar do problema. A camisa se rasgou com um barulho lúgubre. Ele não reparou. Importava-se apenas com o espetáculo ao qual acabara de assistir.

Não era exatamente a visão do espectro de Simone Choule que o incomodava, porque ele desconfiava bastante de que a febre era responsável por sua alucinação, e sim um sentimento bizarro que ele tinha experimentado observando-a.

Durante alguns segundos, acreditou-se transportado para o banheiro e desse lugar olhava a janela de seu apartamento. Lá, viu com o nariz apoiado contra o vidro um homem que se parecia com ele a ponto de provocar confusão, com os olhos como se estivesse fora de si.

XI
A revelação

A febre tinha passado. Contudo, Trelkovsky tinha dificuldade em retomar sua vida normal. Ao ir embora, a febre deve ter levado um pedaço dele, pois se sentia incompleto. Suas sensações amenizadas lhe davam continuamente a impressão de retardar seu corpo. Ele não estava à vontade.

Naquela manhã, ao se levantar, parecia-lhe que ele obedecia a uma outra vontade que não a sua. Calçou as pantufas, vestiu um roupão e foi ferver água para o chá. Estava ainda muito fraco para voltar ao trabalho.

A água fervia. Ele a fez escorrer pelo coador contendo folhas de chá. A xícara se encheu de um belo líquido, com tantas nuances quanto uma tinta nanquim colorida, com um aroma discreto mas irresistível. Trelkovsky nunca adoçava seu chá. Ele colocava um pedaço de açúcar na boca e bebia em seguida em pequenos goles.

Os golpes de martelo dos trabalhadores que consertavam a cobertura de vidro ressoavam embaixo. Trelkovsky colocou mecanicamente o açúcar sobre a língua e, com a xícara na mão, se aproximou da janela. Os dois trabalhadores olhavam para cima. Eles sorriram com ironia ao ver Trelkovsky. No começo, ele achou que estava se enganando, que era um jogo de ilusão de óptica. Mas logo teve de se render à evidência: os trabalhadores zombavam abertamente dele. Ficou surpreso com isso, e depois, irritado. Franziu as sobrancelhas para manifestar sua reprovação, e não constatou nenhuma mudança na atitude deles.

— Isso é inacreditável!

Ele abriu a janela com um gesto brusco, e se debruçou no parapeito; os trabalhadores riam ainda mais.

Trelkovsky tremia de raiva a tal ponto que a xícara lhe escapou das mãos. No momento em que ele se abaixou para recolher os cacos, escutou grandes gargalhadas. Eles deviam rir de sua falta de habilidade.

Ele viu, de fato, os trabalhadores rindo cruelmente.

— Mas o que fiz para eles?

Não tinha feito nada. Eram simplesmente seus inimigos, então, logicamente, zombavam dele. Era mais do que podia suportar.

— O que vocês querem? — gritou ele, fingindo não entender a intenção dos dois homens.

O sorriso duro e desagradável deles se acentuou. Eles o encararam ainda alguns instantes e depois voltaram ao trabalho. Mas, de vez em quando, lançavam olhares dissimulados para a janela; e mesmo quando estavam quase de costas, Trelkovsky podia discernir o sorriso que arreganhava cruelmente o lábio deles.

Ele continuava lá, petrificado pelo espanto e pela revolta, procurando em vão uma razão para aquilo que acabara de acontecer.

— O que eu tenho de ridículo?

Ele foi até o espelho e se encarou.

Não se parecia mais com ele mesmo!

Ele esquadrinhou o espelho. Um grito escapou de sua garganta. Ele desmaiou.

Recuperou a consciência depois de um tempo indeterminado. Tinha se machucado ao cair. Após ter-se colocado em pé com dificuldade, a primeira coisa que ele viu foi seu rosto pintado no espelho. Ele podia contemplar o batom, a base, o *blush* nas bochechas e o rímel nos olhos.

Seu medo adquiriu tal realidade que ele o sentiu se solidificar com um único golpe na garganta. Suas pontas deviam estar tão afiadas quanto as de uma serra, pois elas esfolavam sua laringe. Por que estava fantasiado?

Porém, ele não era sonâmbulo. De onde vinham os produtos de beleza? Ele começou a vasculhar o apartamento. Não teve de procurar por muito tempo. Encontrou-os em uma gaveta da cômoda. Havia ao menos uma dezena de frascos de todos os tamanhos e de todas as cores, com tubos e pequenos potes de pomada.

Ele estava ficando louco?

Agarrou os frascos e os lançou contra a parede, onde se quebraram ruidosamente.

Os vizinhos bateram na parede.

Tornava-se louco? Começou a gargalhar.

Os vizinhos dobraram os golpes.

Ele parou de rir. Compreendia. Não era engraçado.

O suor colou sua camisa contra sua pele. Deixou-se cair sobre a cama. Tentava desesperadamente afastar a explicação que tinha se imposto em seu espírito, mas logo percebia que era inútil. A verdade explodia como fogos de artifício.

Era culpa deles.

Os vizinhos haviam-no transformado lentamente em Simone Choule!

Por milhares de pequenas mesquinharias, por uma vigilância de todos os instantes, por uma vontade de ferro, os vizinhos modificaram sua personalidade. Eles eram todos coniventes, todos culpados. Ele caíra como um inocente na pavorosa armadilha deles. Eles disfarçavam para abusar dele. Agiam de maneira bizarra para confundi-lo e fazê-lo se perder na própria lógica. Ele fora apenas um boneco na mão deles. Repassando todos os detalhes de sua temporada no apartamento, compreendeu que tudo fora assim desde o princípio. A zeladora tinha, imediatamente, chamado sua atenção para a janela dos banheiros. Ela sabia dos fenômenos estranhos que se passavam ali. Também não era mais necessário procurar por muito mais tempo quem roubava os lixos que caíam na escada. Eram os vizinhos.

Eram também os vizinhos que o haviam roubado para romper os vínculos e lhe tirar qualquer possibilidade de voltar atrás. Eles haviam roubado seu passado. Eram os vizinhos, ainda, que batiam nas paredes assim que sua antiga personalidade ressurgia. Eram eles que o haviam feito perder seus amigos, que o tinham feito criar o hábito de usar pantufas e roupão. Foi um vizinho, empregado no café da frente, que lhe fizera adotar o chocolate no lugar do café e os Gitanes no lugar dos Gauloises. Dissimuladamente, eles tinham ditado todos os seus gestos e todas as suas decisões. Eles o tinham em suas mãos.

E agora, aproveitando de seu sono, eles tinham decidido aplicar um grande golpe. Tinham-no maquiado e pintado. Mas tinham calculado mal, era um erro, ele ainda não estava pronto. Era muito cedo.

Lembrou-se de suas reflexões sobre a virilidade. Era isso então! Mesmo seus pensamentos pessoais lhe eram impostos.

Tirou um maço de cigarros de seu bolso. Acendeu um. Precisava refletir o mais calmamente possível. Sobretudo, não enlouquecer. Aspirou longas baforadas que ele soltava pelo nariz. E o proprietário?

Era certamente o chefe. Era ele quem dirigia a matilha de seus carrascos. E a velha? E a mulher com a jovem deficiente? Vítimas? Vizinhos? Vizinhos, sem dúvida, encarregados sabe lá Deus de qual missão secreta. E Stella?

Teria ela sido advertida de sua próxima visita ao hospital? Não tinha ela apenas a intenção de interceptá-lo para fazê-lo sofrer uma influência da qual ele desconfiaria menos à medida que ela parecesse vir de fora? Ele decidiu apostar em sua inocência. Não podia ver inimigos em todos os lados! Não era louco!

Para o quererem a esse ponto, qual crime ele teria cometido? Talvez o mesmo que o da mosca presa na armadilha de uma teia de aranha. O prédio era uma armadilha, a armadilha funcionava. Era até possível que não houvesse nenhuma animosidade pessoal contra ele. Mas reviu os rostos autoritários e imperiosos dos vizinhos, e abandonou essa hipótese. Por que se enganar? Sim, havia uma animosidade pessoal contra Trelkovsky. Não o perdoavam por ser justamente esse Trelkovsky, o odiavam por isso, e o puniam por isso.

Era então unicamente para puni-lo que a gigantesca máquina teria sido colocada em funcionamento? Por que um tal esforço para ser usada apenas com ele? Merecia isso? Seria ele um condenado de valor?

Balançou a cabeça. Não, não era possível. Devia haver outra coisa.

Uma questão se impôs: seria ele a primeira vítima?

E depois outra: em quem teriam transformado Simone Choule?

Há quanto tempo funcionava a armadilha? De qual tamanho era a lista de inquilinos metamorfoseados? Todos teriam escolhido o mesmo fim que Simone Choule, ou teriam sido encarregados de perpetuar os vizinhos mortos? Era essa sua forma de se reproduzir? Nesse caso, Simone Choule teria feito parte do complô? Eram mutantes, extraterrestres, ou simplesmente assassinos? Trelkovsky encarnou a antiga inquilina envolvida por bandagens, a boca aberta.

Um vizinho se suicidar? Vamos lá, não, Simone Choule era uma vítima, e não um carrasco.

Ele esmagou sua bituca no cinzeiro. Por quê? Por que desejavam transformá-lo?

Então sua respiração se interrompeu, seus olhos arregalaram-se de horror.

O dia em que ele se pareceria absolutamente, TOTALMENTE, com Simone Choule, ele deveria agir como ela. ELE SERIA OBRIGADO A SE SUICIDAR. Mesmo se ele não tivesse vontade, não teria mais direito de falar.

Ele correu até a janela. Embaixo, os trabalhadores riam olhando sua janela. Era por isso, então, que eles consertavam a cobertura de vidro! Por ele!!!

Sua cabeça girou, ele teve de se sentar.

Mas não desejava morrer! Era um assassinato! Pensou na polícia, mas adivinhou que ela não lhe prestaria nenhum socorro. O que dizer, de fato, para convencer um delegado incrédulo e ainda por cima amigo do senhor Zy? Então, fugir? Ir para onde? Não importa onde, abandonar a casa enquanto ainda era tempo. Ele não podia abandonar seu direito àquilo que era seu! Havia certamente uma solução! Acabou adotando uma.

Aguentar ainda algum tempo fingindo se transformar para não chamar atenção. Encontrar alguém que ficasse com o apartamento e depois partir sem deixar seu novo endereço.

Dois pontos, contudo, não eram satisfatórios nessa solução. O primeiro era que o próximo inquilino, não avisado, seria a próxima vítima;

o segundo, que o proprietário recusaria talvez qualquer operação referente ao apartamento. Era impossível não avisá-lo. O ideal era partir sem avisar quem quer que seja, abandonando tudo, mas Trelkovsky gastara todas as economias na mudança. Ele não tinha mais nada para sobreviver. Sua única chance era ganhar tempo e dinheiro.

Decidiu descer e fazer um pequeno passeio pelas redondezas, pintado e embonecado. Restava-lhe suportar as piadinhas das crianças e o desprezo dos transeuntes, mas era só a esse preço que ele conservava a esperança de proteger sua pele.

TERCEIRA PARTE
A ANTIGA INQUILINA

XII
A revolta

Depois que Trelkovsky descobriu a maquinação destinada a abatê-lo, começou a ter um prazer doloroso para tornar a metamorfose tão perfeita quanto possível. Já que queriam transformá-lo apesar de sua vontade, ele lhes mostraria do que era capaz sozinho. Ele os abateria em seu próprio campo. À monstruosidade deles, responderia com a sua.

A loja cheirava a pó e roupa suja. A velha mulher que estava lá não pareceu impressionada com o aspecto de Trelkovsky. Isso devia ser comum para ela. Ele escolheu por muito tempo entre todas as perucas que ela lhe sugeria. Os preços eram maiores do que havia imaginado. Ele optou, apesar de tudo, pela mais cara. Quando experimentou, os cabelos lhe caíram como uma luva. Não era desagradável. Saiu da butique sem tirar a peruca. A cabeleira chicoteava docemente seu rosto como uma bandeira. Ao contrário do que acreditava, os passantes não se viraram para ele. Ele procurava em vão no olhar deles traços de hostilidade. Não, eles eram indiferentes. E, de fato, por que teria sido diferente? Em que isso os impedia de viver? De se comportarem segundo seus hábitos? Assim enfarpelado, ele os incomodava menos, pois não era mais um cidadão completo, renunciava a seu direito de voz. Sua opinião não tinha mais importância. Não era mais uma bandeira que ele tinha sobre a cabeça, mas uma coberta. Uma coberta que recobria timidamente sua vergonhosa existência. E claro, porque era assim, iria até o fim. Ele enrolaria seu corpo inteiro com curativos, para evitar que eles vissem a ferida em que tinha se tornado.

Comprou um vestido, *lingerie*, meias e um par de escarpins com saltos altos. E voltou ao apartamento rapidamente para se fantasiar.

— Mais rápido — repetia ele —, que eles todos constatem no que me transformei por causa deles. Que fiquem horrorizados e envergonhados. Que não ousem mais me olhar na cara.

Ele quase corria nas escadas. Ao fechar a porta, não pôde se conter e gargalhou. Mas sua voz era muito grave. Divertiu-se falando com a voz em falsete. Murmurou e depois gritou frases idiotas.

— Claro, minha querida, ela não é tão jovem quanto pensa, nasceu no mesmo ano que eu. Acho que estou grávida.

O uso de um adjetivo no feminino de repente lhe pareceu de um poder erótico extraordinário. Ele pronunciou:

— Grávida... grávida...

Depois tentou outros.

— Animada, tristonha, benfeita, viva, bem-humorada.

Tirou o espelho para melhor acompanhar as etapas de sua transformação. Despiu-se completamente. Estava totalmente nu, só com a peruca que havia conservado. Ele se muniu de sua lâmina e de seu creme de barbear, e depilou metodicamente as pernas, da coxa até o tornozelo. Prendeu a cinta-liga na cintura, depois colocou as meias que prendeu, bem esticadas e bem lisas, aos pequenos fechos de borracha. O espelho lhe enviou a imagem de suas coxas e de seu sexo que pendia no meio. Isso o incomodou. Ele o prendeu entre as pernas para dissimulá-lo. A ilusão era quase perfeita; infelizmente, era obrigado a manter as coxas apertadas, e só podia se mexer com pequenos passos. Ele chegou, contudo, a vestir a pequena calcinha de rendas cujo contato era infinitamente mais agradável do que o das cuecas comuns. Em seguida, prendeu o sutiã preenchido por falsos seios, depois a combinação, depois o vestido. Enfim, o salto alto.

A imagem de uma mulher estava no espelho. Trelkovsky estava maravilhado. Não era mais difícil que aquilo criar uma mulher! Percorreu o cômodo balançando os quadris. De costas, quando olhava sobre seus ombros, era ainda mais perturbador. Imitou um número que ele tinha visto interpretado, outrora, por um artista do *music hall*. Os braços cruzados na frente, ele se segurava na cintura com a mãos tão bem que se tinha a impressão, atrás dele, de ver um casal abraçado. A impressão era de uma precisão extraordinária, reforçada ainda pelo travesti. Eram as suas mãos, suas próprias mãos que acariciavam o estrangeiro. Com a mão esquerda, levantou o vestido. A direita se introduzia pelo pescoço e tirava o sutiã. A excitação o tomou como se ele tivesse uma verdadeira mulher em seus braços. Pouco a pouco, ele se desnudou. Não conservou nada além das meias e da cinta-liga ao ir para a cama...

Uma dor atroz tirou-o do sono. Queria urrar, mas os sons se transformavam em bolhas de sangue. Havia sangue em tudo. Os lençóis estavam dissolvidos por uma mistura de saliva e sangue. Na boca, uma dor intolerável o envolvia. Ele não ousava mexer a língua para descobrir a fonte da dor. Vacilante, caminhou até o espelho.

Naturalmente! Ele deveria esperar isso. Tinha um buraco na boca: faltava um incisivo superior!

Os soluços saltaram de sua garganta, logo provocando náusea. Ele vomitava sem pensar, assim como chorava, andando pelo apartamento. Estava arrasado de horror. O medo, que se tornou muito grande para ele, transbordava.

Quem?

Teriam vindo vários, um se sentou sobre seu peito, talvez, enquanto os outros remexiam em sua boca? Ou então teriam eles delegado a um carrasco que executara sozinho a operação? E o dente, onde estava?

Ele procurou entre os lençóis e o sangue, em vão. E depois, não foi mais necessário procurar. Sabia onde estava seu incisivo. Sabia com tanta convicção que nem foi verificar logo em seguida. Primeiro, enxaguou bastante a boca. Só depois, deslocou o armário para retirar do buraco os dois incisivos, ambos ensanguentados. Eles rolaram juntos em sua palma e ele ficou um bom tempo examinando-os, e não conseguia distinguir qual lhe pertencia. Passou mecanicamente a mão sobre o pescoço que foi tingido de vermelho.

Quando o empurrariam pela janela? Agir como ele havia feito era perigoso. Quanto mais rapidamente se transformasse, só compreendia bem agora, mais rapidamente aconteceria a execução. Ao invés de ir no sentido dos vizinhos, devia contê-los com todas as suas forças.

Que louco tinha sido! Ele os fizera acreditar que a transformação estava concluída, e eles, crédulos, se deixaram convencer. Ele devia, ao contrário, mostrar-lhes que estava longe de estar terminado, que eles ainda tinham muito trabalho pela frente. Metamorfosear Trelkovsky em Simone Choule não era assim tão fácil. E ele iria provar.

Vestiu-se de homem, agora, e desceu rapidamente a escada. Seria por acaso? O senhor Zy abriu a porta no momento em que passava diante dela. Ele o encarou severamente, sem amenidade.

— Diga-me, senhor Trelkovsky, o senhor se lembra das minhas recomendações sobre o apartamento?

Trelkovsky teve de se conter para não responder com uma acusação na cara. Mas ele se limitou a perguntar amavelmente:

— Eu devo certamente me lembrar, senhor Zy, do que se trata, por favor?

— O senhor se lembra o que eu lhe disse sobre os animais, cachorros, gatos, ou qualquer outra espécie?

— Certamente, senhor Zy.

— E sobre o que eu lhe disse sobre os instrumentos de música?

— Eu também me lembro, senhor Zy.

— E sobre as mulheres, o senhor se lembra?

— Naturalmente, senhor Zy.

— Então, por que o senhor leva mulheres para sua casa?

— Mas eu não levei nenhuma mulher para minha casa, senhor Zy.

— Não, não, não. Eu sei o que eu digo. Ao passar diante de sua porta, agora pouco, eu o ouvi claramente conversar com uma mulher. Então?

Trelkovsky estava surpreso. O objetivo do complô era simplesmente colocá-lo para fora? Não, não era possível, isso teria sido muito pouco. O que desejava o senhor Zy, neste caso?

— Ouça, senhor Zy, não havia nenhuma mulher em casa, o senhor escutou mal, eu devia estar cantando, simplesmente.

— Isso não é melhor. Mas escutei distintamente uma voz feminina.
Trelkovsky controlou-se para não insultá-lo. Isso não lhe era muito difícil, tinha o costume.

— Todo mundo pode se enganar, senhor Zy. Eu nunca me permiti levar mulheres para casa. Penso que o senhor deve ter confundido com pessoas que se encontravam, seja nas escadas, seja em um outro apartamento. A acústica dessas velhas casas frequentemente causa essas confusões.

Trelkovsky voltou a descer a escada se felicitando por sua partida. Tinha dado seu recado ao proprietário! Ele iria sem dúvida contar aos outros que a vítima não estava ainda no ponto. Trelkovsky tinha ganhado um pequeno prazo.

Ele foi ao café da frente. O garçom lhe fez um sinal com a cabeça, e sem lhe perguntar o que quer que fosse, lhe trouxe um chocolate e duas fatias de pão. Trelkovsky deixou-o agir sem intervir até o último momento. Depois anunciou que só desejava um café. O garçom o olhou com estupor. Ele esboçou um movimento de protesto.

— Mas... o senhor não gostaria de chocolate?

— Não, eu disse que gostaria de um café.

O garçom foi falar em voz baixa com o chefe que estava no caixa. Ele não entendia nada do que conversavam, mas os viu lançar alguns olhares em sua direção. O garçom voltou finalmente até Trelkovsky. Ele parecia incomodado.

— É que, veja o senhor, a máquina está em manutenção. O senhor não quer realmente um chocolate?

— Eu desejava um café, mas já que é assim, sirva-me uma taça de vinho tinto. Suponho que você não tenha Gauloises?

O garçom balbuciou que não.

Ele bebeu sua taça com deleite, depois voltou para casa.

No dia seguinte, recebeu na primeira correspondência uma convocação da delegacia de polícia. Ele estava certo de que se tratava do assalto do qual ele fora vítima, mas o delegado rapidamente desfez a confusão.

— Recebi diversas queixas contra o senhor — ladrou ele sem preâmbulos.

— Queixas?

— Sim, e não se faça de desentendido. Falam-me bastante de você, senhor Trelkovsky. Demasiado. O senhor faz uma algazarra infernal à noite.

— Meu Deus, senhor delegado, o senhor me espanta. Nunca me disseram nada. Não tenho o costume de fazer barulho. Trabalho, entenda, e sou obrigado a me levantar cedo. Praticamente não tenho amigos e não recebo ninguém em casa. O senhor me surpreende bastante.

— É possível, mas não me importo. Para mim, suas historinhas não funcionam, tenho mais o que fazer. Apenas recebo reclamações por algazarras noturnas, e meu dever é zelar pela manutenção da ordem, então, o informo, claramente: pare de fazer barulho. Senhor Trelkovsky. É um sobrenome russo isso?

— Acho que sim, senhor delegado.

— O senhor é russo? O senhor é naturalizado?

— Não, nasci na França, senhor delegado.

— Serviu à bandeira?

— Fui dispensado, senhor delegado.

— Mostre-me sua carteira de identidade.

— Aqui está.

O delegado examinou atentamente a carteira. Devolveu-lhe com um suspiro contrariado pois não tinha encontrado nada de ilegal.

— Ela está bem em mau estado — teve de se resignar a chamar atenção só disso.

Trelkovsky esboçou um gesto de desculpas.

— Enfim... bom, desta vez vou fechar os olhos. Mas se escuto falar do senhor de novo, cuidado; eu não posso deixar um inconveniente atrapalhar a ordem.

— Muito obrigado, senhor delegado. Asseguro-lhe, no entanto, que não tenho o hábito de fazer barulho.

O delegado, irritado, lhe fez sinal para partir imediatamente. Ele não tinha tempo a perder.

Trelkovsky parou na frente da zeladora que o tinha visto aproximar-se sem lhe dirigir o menor sinal de reconhecimento.

— Gostaria de saber quem prestou queixa contra mim, a senhora sabe?

Ela mordeu os lábios.

— Se o senhor não fizesse barulho, não prestariam queixa contra o senhor. O senhor só tem de se preocupar com o senhor mesmo. Eu não sei de nada.

— Houve uma petição? É essa mesma velha senhora que veio me ver da outra vez, sem dúvida. E a senhora assinou?

A zeladora desviou-se claramente dele como se fosse um espetáculo demasiado repugnante.

— Eu não sei de nada e pare de me questionar, não tenho nada a lhe dizer. Boa noite.

Ele devia agir rapidamente se quisesse escapar dos vizinhos. A rede se fechava rapidamente. Não era fácil. Tentava se comportar normalmente, como antes, mas logo se surpreendia fazendo um gesto que não era seu, pensando de uma maneira que não lhe pertencia. Já não era mais, de fato, Trelkovsky. Quem era Trelkovsky? Como o saber? Era preciso descobrir para que não se distanciasse mais, mas como?

Não frequentava mais seus antigos amigos, não ia mais aos lugares onde ele outrora gostava de estar. Tinha se excluído, pouco a pouco, apagado pelos vizinhos. O que eles desenhavam no lugar de sua antiga personalidade era a silhueta fantasma de Simone Choule.

— Preciso me reencontrar!

O que era ele? Unicamente ele? O que o diferenciava dos outros? Qual era sua referência, sua marca? O que lhe fazia dizer: sou eu ou não sou eu? Tinha procurado de verdade, mas não sabia. Lembrou-se de sua infância. Os tapas recebidos e as ideias também, mas não descobria nada de original. O que lhe pareceu mais importante era um episódio pouco brilhante do qual se lembrava como de um sonho.

Uma vez, na escola, pedira para sair para ir ao banheiro e, como demorou demais, mandaram uma garota ver o que tinha acontecido. Ao voltar para a sala, a professora perguntara grosseiramente: "Então, Trelkovsky, você não caiu na privada!". Todos os alunos o hostilizaram. Ele ficou vermelho de vergonha.

Isso era suficiente para defini-lo? Lembrava-se de sua pena e de sua vergonha. Mas já não entendia muito bem as razões disso.

XIII
O antigo Trelkovsky

Scope e Simon já estavam instalados em seu lugar habitual perto do aquecedor. Saudaram Trelkovsky com grandes gritos gozadores.

— Olhe quem voltou! Ainda lembra dos seus amigos? Relapso!

Bastante constrangido, Trelkovsky atravessou a sala do restaurante para encontrar a mesa deles. Ainda comiam a entrada.

— Conseguiu escapar de seus vizinhos?

Murmurou uma explicação e sentou-se à ponta da mesa.

— Olha, você senta aí agora? Abandonou seu lugar?

Ele tinha o costume de sentar-se sobre a banqueta, com as costas no muro.

— Ah, sim, é verdade.

Empurrou sua cadeira e mudou-se para a banqueta. Tinha esquecido totalmente esse detalhe.

— Parece que você ficou doente? Encontrei Horn, ele me disse que você não vinha trabalhar fazia uma semana.

Trelkovsky tinha pegado o cardápio. Ele concordou mecanicamente. O menu estava escrito com tinta violeta, os pratos estavam geralmente cheios de erros de ortografia, o que fazia o ordinário fornecer o principal assunto da conversa. As entradas não tinham sido mudadas. Ainda eram as tradicionais batatas ao óleo, o patê da campanha, verduras ou o salsichão amanteigado. Arrepiou-se de desgosto. O antigo Trelkovsky escolhia sistematicamente um filé de arenque, batatas ao óleo, mas sabia que era incapaz de absorver uma migalha. Desta vez, permitiu-se burlar a regra. Scope e Simon o observavam com o canto do olho. Estavam prodigiosamente interessados em seu pedido. A garçonete, uma bretã, forte com as pernas vermelhas se aproximou.

— O senhor nos fez falta, senhor Trelkovsky — gracejou. — Então a cozinha não lhe agradava mais?

Ele se forçou a sorrir.

— Tentei evitar a comida, mas desisto, é muito difícil!

Riu servilmente. Depois, retomou instantaneamente uma seriedade profissional.

— O que vai escolher, senhor Trelkovsky?

Scope e Simon estavam presos aos lábios dele. Ele engoliu sua saliva e anunciou de uma vez:

— Um prato de verduras, um *steak* com batatas ao vapor e um iogurte.

Não ousava olhar os outros, mas os sentiu sorrir.

— Ao ponto, como de costume, o *steak*?

— Sim...

Ele gostaria de ter pedido bem passado, mas não tinha tido coragem para isso.

Scope atacou.

— O que você virou? Eu acho que você trocou de hábitos.

Simon gargalhou. Ele ria sempre antes de fazer graça. Desta vez ele aludiu à cotação de moedas estrangeiras, ao câmbio. Várias vezes repetiu para deixar mais claro: ao câmbio... câmbio!

Trelkovsky fez um esforço para parecer tranquilo. Em vão. Estava muito preocupado com os perdigotos que caíam em seu copo. Acendeu um cigarro e se ajeitou para fazer cair um pouco de cinzas dentro dele. Trouxeram-lhe um outro copo.

Agora ele comia. Mastigando, procurava alguma coisa para lhes dizer. Alguma coisa gentil. Uma frase que ao menos lhes mostrasse sua boa vontade. Não encontrava nada. O silêncio se prolongava. Tornava-se necessário rompê-lo.

— Há belas clientes? — perguntou finalmente, subitamente inspirado.

Scope lhe deu uma piscadela.

— Há uma formidável. Uma classe extraordinária. Ela acaba de sair.

Virou-se para Simon.

— A propósito, o que aconteceu com Georges?

— Ele se vira, mas da maneira como age, não vai conseguir. Você sabe bem que...

Scope e Simon se entretiveram até o fim do almoço com Georges e suas incompreensíveis manobras. Eles riam muito alto, mas às vezes baixavam a voz como para impedir que Trelkovsky escutasse. Não fosse essa desconfiança, a seus olhos, em relação a ele, poderia ter acreditado que eles o tinham esquecido completamente. Ficou aliviado de deixá-los. Antes de se separar, eles lhe perguntaram se ele tinha a intenção de voltar no dia seguinte. A inquietude deles lhe causou pena.

— Acho que não. Estou ocupado.

Eles fizeram parecer que se desculpavam, mas se afastavam a grandes passadas, felizes. Ele os viu desaparecer na esquina da rua.

Pegou lentamente o caminho das margens do Sena. Era para lá que, outrora, fugia quando tinha algumas horas de liberdade. As margens estavam cinza, e o Sena, sujo. As caixas dos alfarrabistas também lhe pareceram repugnantes, como caixas de lixo. Intelectuais maltrapilhos escarafunchavam sem nojo as imundícies em busca de um pouco de alimentação espiritual. Quando a descobriam, se muniam de uma expressão de avidez bestial pintada sobre seu rosto.

Aquele lugar o enojava. Mudou de calçada. Na frente, havia os gritos e os cheiros de animais em uma jaula. Curiosos importunavam tartarugas, excitavam os galos, incomodavam os porquinhos-da-índia. Répteis se alisavam contra a parede de seu aquário. Os ratos presos em uma gaiola, um pouco mais longe, seguiam com uma atenção mórbida seus movimentos sinuosos.

Ele andou por muito tempo. Após margear os muros do Louvre, ele penetrou no Jardim das Tulherias. Sentou-se perto da água em uma cadeira de ferro, para ver os pequenos veleiros navegarem. As crianças corriam em torno do tanque de água com uma vara que usavam para guiar seus navios. Ele reparou em um menino que tinha um barco a motor. Um transatlântico em miniatura com duas chaminés e embarcações de resgate ao logo do convés. O menino não parecia interessado. Ele mancava e seu andar irregular o fazia chegar bem depois de seu barco na margem oposta. Por causa desse atraso, um drama se estabelecia. Um veleiro mal dirigido veio a chocar-se como um chicote no transatlântico que, desequilibrado, virou. O brinquedo se encheu rapidamente de água. Sem poder, a criança, impotente, assistiu ao naufrágio. As lágrimas corriam ao longo de suas bochechas. Trelkovsky esperou que ele corresse até seus pais, mas ele devia estar sozinho pois simplesmente se sentou no chão e continuou a chorar. Trelkovsky tinha um estranho prazer nessas lágrimas que o vingavam. Ele tinha o sentimento de que chorava em seu lugar. Via com satisfação as lágrimas brotarem no canto dos olhos. Nele mesmo encorajava o menino a chorar mais forte.

Mas então uma jovem mulher com aspecto vulgar se aproximava da criança, se curvava sobre ela, murmurava palavras em sua orelha. A criança parava de chorar, levantava a cabeça e sorria.

Trelkovsky se sentiu intoleravelmente frustrado. Não só a criança sorria, mas agora ela ria. A mulher continuava falando misteriosamente com ele. Parecia muito excitada. Suas mãos faziam carinho nas bochechas e na nuca do menino. Acariciou os ombros e, para terminar, beijou-lhe o queixo. Ela o abandonou para se dirigir a uma casinha de madeira onde uma velha mulher vendia brinquedos.

Trelkovsky abandonou sua cadeira e andou até a criança. Ele fez de propósito para machucá-la. O pequeno levantou os olhos para ver o que acontecia.

— Mal-educado — assobiou Trelkovsky.

E sem dizer mais do que isso, ele o esbofeteou com um duro vai e volta. Afastou-se com passos rápidos, abandonando a criança esmagada pela injustiça de que acabara de ser vítima.

O resto do dia, ele ocupou vagando pelas ruas de seu antigo bairro. Quando se cansou, repousou no terraço de um café onde bebeu um copo de cerveja e comeu um sanduíche. Em seguida, ainda mais uma vez tentava se lembrar. Não conseguia. Tinha perseguido as lembranças em cada canto da rua, não reconhecia nada.

Era noite quando se encontrou na frente do prédio da rue des Pyrénées. Hesitava em ultrapassar a grande porta obscura, mas estava extenuado por seu longo passeio, só queria dormir. Apertou o botão que comandava a abertura da porta. No interior, a escuridão era absoluta. O interruptor da luz estava em algum lugar à direita. Ele avançou um dedo sem muita certeza, assim que teve a consciência de uma presença extremamente próxima. Ficou imóvel e escutou com toda a atenção de que era capaz. Uma respiração? Mas era a sua. Contudo, não ousava avançar seu indicador com medo de encontrar qualquer coisa mole, um olho, talvez. Ele escutou novamente. Não podia continuar assim, se decidiu. Esticou o indicador ao acaso. Acertou em cheio. A luz inundou o pórtico.

Bem próximo dele, uma mulher bem morena, sentada sobre uma lixeira, o fixava com olhos dementes. Ele deu um grito inarticulado. Ela ofegava de medo, seus lábios craquelados tremiam como uma geleia de groselha. Ele quis se afastar mas escorregou sobre os detritos e perdeu o equilíbrio. Com um movimento convulsivo, ela tentou evitá-lo. A tampa da lixeira balançou. Ela caiu para trás gritando. Ele gritou também ao tombar sobre ela. A lixeira oscilou. Seu conteúdo se espalhou sobre eles. A luz se apagou.

Ele rolou sobre ele mesmo para se livrar. Alguma coisa fugiu raspando nele. Ele conseguiu se levantar novamente. Em qual direção teria de fugir? Onde estava o interruptor? Duas mãos agressivas se enrolaram no seu pescoço e se puseram a apertá-lo.

Ele soltou a língua e gritou estranhamente. Depois recebeu um grande golpe na cabeça, e perdeu a consciência.

Acordou em seu apartamento, deitado sobre a cama. Estava vestido de mulher, e não precisou verificar diante do espelho para saber que estava cuidadosamente maquiado.

XIV

O cerco

Tinham-no preparado para o sacrifício!

Porque quis fugir deles, eles contra-atacaram. E para isso eles não recuavam um passo sequer diante da agressão pura e simples. Por bem ou por mal, ele teria de se transformar em Simone Choule. Eles não lhe deixavam nenhuma alternativa.

Trelkovsky teve dificuldade para se levantar. A cabeça lhe doía muito. Arrastou-se até a pia e passou água fresca sobre o rosto. Sentiu-se mais lúcido, mas a dor continuava.

A última etapa estava completa. O desfecho se tornara horrivelmente próximo agora. Ele foi até a janela, abriu-a, e observou a escuridão lá embaixo.

A cobertura de vidro deveria estar consertada. Como fariam para levá-lo ao suicídio? Não desejava morrer. Isso era um fracasso dos vizinhos? Se a armadilha deles tivesse funcionado perfeitamente, Trelkovsky teria se transformado verdadeiramente em Simone Choule, e, como tal, se suicidaria espontaneamente. Esse não era o caso, pois ele fazia parecer, porque ele sabia muito bem que não era Simone Choule. Então o que eles esperavam? Que ele fingisse morrer? Considerou essa solução. Se ele simulasse o suicídio, com a ajuda de barbitúricos, por exemplo, achariam que o caso estava encerrado, deixariam sua vida salva? O feitiço seria rompido? Ele duvidava disso. O espetáculo não tinha lugar na escura maquinação da qual ele era vítima. O único desfecho possível era a destruição da cobertura de vidro, pulverizada por seu corpo destruído.

O que aconteceria, se ele se recusasse a se prestar ao bom encaminhamento dos acontecimentos? Isso tampouco era um mistério para ele. Empurrariam-no. Na falta de um suicídio, seria um assassinato. De resto, nada provava que não tinha sido assim para a antiga inquilina!

Lá embaixo, a entrada se iluminou bruscamente. O barulho dos cascos de um cavalo galopando acabou com o silêncio. Trelkovsky, intrigado, se debruçou para ver melhor.

Efetivamente, um cavaleiro acabara de entrar no pátio. Não se podia distinguir seu rosto pois ele estava mascarado, e a sombra de seu imenso chapéu de feltro grená o cobria como uma máscara adicional. Um corpo estava atravessado na parte detrás da sela. Trelkovsky não estava certo, mas teve a impressão de que o corpo estava com os braços e as pernas amarrados. A entrada começou a se encher de gente. Os vizinhos rodearam o desconhecido mascarado e conversaram com ele por sinais ininteligíveis. Uma mulher com a cabeça coberta por um xale azul-celeste indicou a janela de Trelkovsky. O homem desceu do cavalo. Contornou sua montaria para se encontrar bem abaixo dele. Colocou sua mão na testa, como se tivesse sol, e o fixou com uma atenção inquietante. Uma criança vestida com uma calça verde-oliva, um pulôver amarelado e uma boina violeta juntou-se a ele. Ele lhe estendeu cerimoniosamente uma grande capa negra. O homem logo a prendeu em seus ombros, depois desapareceu sob a entrada. Todos os personagens desapareceram levando com eles o cavalo ainda carregado com o prisioneiro. A luz se apagou. Trelkovsky poderia ter acreditado que tinha sonhado, mas sabia que acabara de assistir à chegada do carrasco. Estava sem dúvida subindo com dificuldade, mas sem pressa, a escada que levava a seu apartamento. Ele iria empurrar a porta, penetrar sem esperar ser convidado no apartamento para cumprir sua funesta tarefa. Trelkovsky adivinhava em que ela consistiria. Apesar de seus gritos e de seus suplícios, ele seria lançado ao vazio. Seu corpo bateria na cobertura de vidro e a estraçalharia antes de estatelar-se no chão.

O pânico o tirou de sua apatia. Batendo os dentes, ele foi até o armário, que, ofegando e gemendo, colocou contra a porta. O suor lhe corria até os olhos. E se misturava com sua maquiagem que deixava rastros de pó em seu pescoço. Amarrava seu vestido, cerrava os fechos de seu sutiã. Partiu correndo para a janela para bloqueá-la com a ajuda da cômoda. Estava tão esgotado que sua respiração se transformava em um barulho.

Bateram na porta.

Ele não respondeu, mas levou duas cadeiras para reforçar o armário.

Os vizinhos de cima bateram no teto.

Certo, ele fazia barulho! Eles podiam bater! Se eles pretendiam forçá-lo a se render dessa maneira, se enganavam enormemente!

Os golpes foram desferidos de baixo pelo proprietário.

Eles estavam todos envolvidos no momento! Mas estavam perdendo tempo. Seus golpes não tinham mais poder sobre Trelkovsky. Ele se defenderia com uma barricada, apesar deles e de suas tentativas de intimidação.

Apesar de golpes dobrados contra a porta, ele continuava se defendendo com todos os objetos que lhe caíam nas mãos. Descobriu um novelo de lã e se serviu dele para reforçar o conjunto. Bloqueou também a janela. Um vidro voou em pedaços. Se eles tentassem entrar por lá, tinham chegado muito tarde!

— Chegaram tarde demais! — gritou Trelkovsky —, será difícil entrar!

Um outro vidro foi quebrado. Eles jogavam pedras.

— Eu me defenderei, eu me defenderei até o fim! Venderei caro a minha pele! Não, senhores, não lhes darei esse prazer! Não sou um carneiro que se degola.

A reação foi imediata. Os golpes contra as paredes e as portas pararam. Tudo ficou em silêncio.

Eles deviam estar deliberando sobre a conduta a seguir. Trelkovsky entrou no armário para se aproximar deles, depois colou a orelha contra a parede. Mas não conseguiu surpreender a discussão deles. Foi agachar-se no centro do primeiro cômodo, os sentidos alertas. Os minutos passavam interminavelmente, sem sinal de vida dos vizinhos. Talvez tivessem ido embora?

Ele sorriu. A armadilha era um pouco grosseira! Eles esperavam sem dúvida que ele lhes abrisse a porta. Não havia perigo. Ele não mexeria nem um dedinho.

Ao fim de duas ou três horas de imobilidade, percebeu o barulho. O barulho de gotas de água caindo uma a uma da torneira mal fechada. No começo, decidiu não prestar atenção a isso, mas o barulho era muito angustiante. Com passos silenciosos, aproximou-se da pia, nenhuma gota escapava da ponta aberta da torneira. E, no entanto, quando ele dava as costas, o barulho se repetia. Por desencargo de consciência, olhou fixamente para a torneira até que ouviu novamente. Nenhuma gota caíra na pia. Vinha de outro lugar.

Ele fez uma ronda, passando muito próximo das paredes para descobrir a origem dos pequenos pingos. Suas buscas não duraram muito tempo.

Por um dos buracos no teto do segundo quarto pingavam gotas de um líquido vinho. Em intervalos variáveis, a gota vinha se esmagar em uma poça produzida pelas gotas precedentes. A claridade da luz lhe dava um aspecto de pedra preciosa, de rubi escuro. Trelkovsky acendeu um fósforo. Sim, o líquido era avermelhado. Sangue?

Ele mergulhou um dedo dentro para verificar a densidade com o polegar. Essa operação, infelizmente, não lhe trouxe nenhuma informação. Teve de resolver, a contragosto, experimentar. O sabor era sem gosto, sem personalidade.

Lembrou-se que tinha chovido nos últimos dias. Sem dúvida, a água da chuva atravessara o telhado... Mas essa explicação não resistiu ao exame. Havia, de fato, diversos andares entre o telhado e seu teto. Uma canalização estourada, talvez? Sim, provavelmente...

Mas e se fosse o sangue do prisioneiro visto agora há pouco sobre o cavalo do carrasco? Se fosse o sangue do prisioneiro que estava sendo agora degolado no andar de cima para ensinar a Trelkovsky o destino que lhe estava reservado?

As gotas continuavam a cair. A poça crescia. Ploc! Ploc! As minúsculas ondas ganhavam o piso seco, como no ritmo de uma maré. Queriam eles inundar o apartamento para que Trelkovsky se afogasse lá dentro, se afogasse no sangue!

Que barulho era esse que vinha agora responder àquele das gotas avermelhadas? Ele voltou até a pia. A torneira devia ter-se aberto, pois ela também deixava escapar gotas! Quis dar uma volta a mais para fechá-la, mas era impossível. A borracha devia estar em mau estado.

As duas fugas se respondiam. Elas davam a ilusão de um diálogo, entre dois líquidos.

O barulho do relógio se amplificou desmesuradamente. Trelkovsky percebeu, então, que as gotas caíam, uma ao sinal do "tique", a outra ao do "taque". Ele teria parado o mecanismo do relógio, mas percebeu que seria inútil. Não há um mecanismo de pausa em um relógio.

Bateram na porta. Os vizinhos voltavam ao ataque. Com uma olhar rápido, ele verificou o estado de suas fortificações. Elas eram satisfatórias. Persistia, contudo, um espaço entre a cômoda e a parede que poderia ter permitido a introdução pela janela de uma pequena criança, ou de um macaco, por exemplo. Isso o deixou mal.

E então, bem no momento que ele fixava aquele lugar, percebeu com terror uma pequena mão marrom e peluda que agarrou a parte de baixo da janela, lá onde um vidro havia sido quebrado!

Ele agarrou uma faca e começou a atacar violentamente a mão com grandes golpes rápidos. Não houve sangue. A mão acabou desistindo e desapareceu. Ele esperou o barulho de uma queda sobre a cobertura de vidro, mas só escutou um riso sádico.

Ele compreendeu logo que os vizinhos de baixo poderiam muito bem enfiar uma luva na ponta de um longo bastão com a finalidade de lhe infundir medo. Deslizou a cabeça entre a parede e a cômoda para ver o que acontecia no pátio interno.

Era sem dúvida para chamar sua atenção que os vizinhos tinham usado o subterfúgio da luva, pois deviam esperá-lo para começar. O objetivo do espetáculo que eles tinham preparado, convenceu-se rapidamente, era fazê-lo perder a razão.

Uma grande quantidade de caixas cobria o chão do pátio. Elas estavam dispostas na forma de arranha-céus que se pode ver nos cartões-postais representando Nova York. Sobre cada caixa se agachava um vizinho Eles se apresentavam ou de frente, ou de perfil, ou de costas. De tempos em tempos, circulavam lentamente em torno deles mesmos para mudar de posição. De repente, uma velha mulher, que Trelkovsky reconheceu ser aquela Madame Dioz que quis lhe fazer assinar a petição, levantou-se. Ela usava um longo vestido violeta, muito decotado, que desvelava uma grande parte de seu peito ressecado. Os dois braços levantados para o céu; ela começou a dançar brutalmente, saltando de caixa em caixa. Cada vez que ela mudava de caixa, soltava grandes gritos: "Iupi!", gritava ela, e mudava de caixa: "Iupi!", e mudava de novo.

Isso durou até que o vizinho careca sobre a caixa mais alta se levantou, por sua vez, e agitou um pesado sino de som grave. Os vizinhos se apressaram, então, a descer de suas bases e ir embora levando-as consigo. O garoto, visto anteriormente, apareceu no pátio deserto. Ele trazia sobre os ombros um longo bastão, na extremidade do qual estava presa uma gaiola contendo um pássaro. Atrás dele, uma mulher coberta por uma ampla batina vermelha caminhava vagarosamente, inclinada sobre a gaiola. Ela imitava o pássaro e se divertia ao assustá-lo. O garoto atravessou toda a extensão do pátio sem se virar uma única vez.

Depois deles, vieram as mulheres grávidas, excessivamente maquiadas de rosa; os velhos montavam em outros velhos de quatro no chão, as jovens obscenas e os cachorros gordos como bezerros.

Trelkovsky se prendeu à razão como a uma corda. Ele recitava para si mesmo a tabuada e as fábulas de La Fontaine. Com suas mãos, fazia movimentos complicados, indicando uma boa coordenação dos reflexos. Ele chegou a esboçar, em voz alta, um quadro completo da situação política da Europa no começo do século XIX.

A manhã chegou enfim. Com ela cessaram os feitiços.

Mais tarde, Trelkovsky fez desaparecer os traços de maquiagem, mudou as roupas femininas para as suas, depois moveu o armário. Jogou-se com toda a sua energia na escada, que desceu rapidamente sem olhar ao redor. Uma mão tentou retê-lo, mas ele ia tão rápido que ela não teve sucesso. Passou correndo diante da sala da zeladora, e ainda acelerou na rua.

Um ônibus estava parado diante do semáforo vermelho. Ele saltou sobre uma plataforma de trás no momento em que ele saiu.

Renunciou a seu aluguel, a suas economias consumidas na taxa.

Sua única chance de se salvar residia, a partir de agora, na fuga.

XV
A fuga

Fugir, muito bem, mas para onde?

Trelkovsky repassava febrilmente em sua cabeça os rostos conhecidos para descobrir aquele que viria a ajudá-lo. Mas a fisionomia deles se revelava curiosamente inamistosa ou indiferente.

Ele estava sem amigos. Ninguém se interessava por ele. Não, ele era injusto, pessoas ainda se preocupavam com seu destino, mas essas só desejavam sua loucura e, em seguida, sua morte.

Por que se salvar, se era inútil? Não seria melhor ir, por boa vontade, entregar seu pescoço ao carrasco? Assim, dispensaria, talvez, diversos sofrimentos vãos. Sentia-se assustadoramente cansado.

Um nome surgiu, de repente, em sua memória, como um carro na estrada, à noite. Esse nome brilhava como uma estrela.

Stella.

Ela não o renegaria. Ela o acolheria simplesmente, sem palavras supérfluas, sem reticências. Ele descobriu, bruscamente, um carinho infinito por ela. Seus olhos se molharam em lágrimas, de tanto que estava emocionado. Pobre pequena Stella! Solitária e sensível, Stella, sua boa estrela.

Imaginava-a andando sozinha ao longo de uma praia deserta. O mar vindo morrer a seus pés. Ela avançava com dificuldade, devia estar extremamente cansada. Como devia vir de longe, a pobre pequena Stella! E eis que, de repente, dois homens com botas e capacetes surgiram. Sem dizer uma única palavra, eles se aproximam dela, fanfarrões e insolentes. Ela compreendeu a intenção deles. Ela suplicou, caiu de joelhos no chão para lhes implorar, mas eles, desagradavelmente, não a olharam. Sacaram seus revólveres e lhe enviaram balas na cabeça. O pobre corpo se retorceu, se imobilizou. Stella morreu. As ondas vieram molhar a parte de baixo de suà saia. Pobre Stella!

Transtornado de compaixão Trelkovsky teve de se abrigar atrás de seu lenço para fazer escorrer a enorme quantidade de lágrimas que não conseguia conter. Sim, iria se refugiar na casa de Stella.

Vagou por muito tempo no bairro onde ela morava, pois não se lembrava mais do nome de sua rua.

Ele estava muito menos convencido, agora, de sua recepção. Para começar ela podia estar ausente. Ele imaginou o que seria sua porta fechada, para ele que tinha subido a escada, que tinha batido em sua porta com uma falsa esperança. Ninguém. E ele bateria, bateria de novo, decidido a não renunciar. Não ousaria se afastar com medo de que ela abrisse depois de sua saída.

Persuadiu-se de que devia imaginar todas as soluções possíveis para não se deixar surpreender pelo destino. Essa era uma velha crença de Trelkovsky. Sempre pensara que o destino só intervinha pelo imprevisto. Então, o fato de prever afastava os maus golpes do destino. Ele revisou as possibilidades que tinha de se encontrar com uma derrota.

Ela talvez não estivesse sozinha. Ela entreabriria a porta, friamente enrolada em um penhoar e não perguntaria se ele queria entrar. Ele continuaria no corredor, envergonhado, sem saber que atitude tomar. Acabaria fugindo, vermelho pela confusão, encolerizado contra ela e contra ele mesmo.

Ela também poderia estar doente, na companhia de sua família e de seus amigos. Ela não o reconheceria por causa da febre, e lhe dirigiriam olhares suspeitos como se ele fosse um criminoso que tivesse vindo cometer um ato maldoso.

Não seria nada impossível, também, que a porta fosse aberta por um ou uma desconhecida.

— Senhora Stella, por favor? — perguntaria timidamente.

— Stella? Não conheço. Stella do quê? Ah! A antiga inquilina, ela partiu ontem! Não, ela não deve voltar. Ela se mudou. Nós somos os novos inquilinos. Não, ignoramos seu novo endereço.

Entretanto, foi Stella em pessoa quem veio lhe abrir a porta. Um pouco de secreção amarelada se aglutinava no canto de seus olhos. Ela exalava um odor de cama e de suor seco. Segurava com uma mão as duas pontas de sua camisola.

— Estou incomodando? — perguntou bestamente.

— Não, eu dormia.

— Eu queria pedir um favor.

— Qual?

— Eu posso ficar com você dois ou três dias? Não se preocupe comigo, se você não pode, me diga. Não gostaria que você se incomodasse.

Stella, surpresa, retirou com a ponta dos dedos a secreção acumulada em suas pálpebras para olhá-lo melhor.

— Não, isso não me incomoda. Você está com algum problema?

— Sim, ah, nada grave. Não tenho mais apartamento.

Ela sorriu.

— Você não dormiu esta noite. Parece cansado. Vou voltar a deitar. Se você quiser dormir...

— Sim, obrigado.

Despiu-se lentamente, o mais lentamente possível. Bravo, pequena Stella! Ele gostaria de saborear sua gentileza e sua simplicidade. Ela agira exatamente como ele esperava. Ao retirar seus sapatos percebeu que tinha os pés sujos.

— Vou passar um pouco de água no rosto — disse.

Ela estava na cama, já deitada.

Quando se juntou a ela, Stella já tinha os olhos fechados. Dormia? Ou desejava demonstrar que lhe permitia deitar unicamente para dormir. Ele não se questionou por muito tempo, pois as mãos doces dele percorriam o corpo dela.

Jogou-se em cima dela com gratidão.

Ele abriu por educação um olho quando ela se levantou. Ela o beijou gentilmente na orelha.

— Vou trabalhar — murmurou-lhe. — Voltarei à noite, lá pelas oito horas. É melhor que você não apareça para os vizinhos. Se você sair, dê um jeito de passar despercebido.

— Certo.

Ela partiu. De uma hora para a outra, ele não tinha mais sono. Tinha fugido. Salvo! Tinha uma formidável impressão de segurança. Percorreu o apartamento sorrindo com um ar sereno. Tudo estava bem, aqui. Era limpo e confiável. Passou o dia lendo e passeando no apartamento. Não saiu nem mesmo para ir comer. Alguém teria de ser inconsequente para deixar esse refúgio milagroso!

Stella voltou às sete e meia. Ela carregava um saco cheio de alimentos. Duas garrafas de vinho se chocavam agradavelmente como para trincar.

— Não tenho tempo de cozinhar — ela lhe explicou ao tirar o casaco —, então eu compro conservas. Eu sou muito boa em conservas — acrescentou rindo.

Ele a observava preparar a refeição, esperou a ponto de ficar triste.

— Adoro conservas.

Seguia com os olhos suas idas e vindas. Lembrava-se de seus seios, de suas coxas. E ela colocava tudo isso à sua disposição sem negociar. Ele se lembrava também de suas costas, de seus ombros, tudo aquilo ocupado em preparar seu jantar. Adorável Stella! No entanto, não se lembrava mais de seu umbigo. Fechou os olhos para fazê-lo aparecer. Em vão. Esquecera-o.

Ela estava colocando a mesa, virou-lhe as costas. Ele se aproximou lentamente dela. Surpreendeu-a com um beijo no ombro. Suas mãos aprisionaram os seios, depois desceram lentamente. Encontrou a abertura da blusa. Fez Stella se virar. Os botões de pressão da saia cederam um após o outro. Seus olhos chegaram ao nível do umbigo. Beijou-lhe apaixonadamente, depois o estudou, a fim de apreender todos os detalhes, gravados em sua memória. Ela se debruçou para ver o que ele estava fazendo. Ela supôs que ele tivesse outras intenções. Ele não quis decepcioná-la.

No dia seguinte, quando Stella estava no trabalho, bateram à porta. Ele não foi abri-la, mas o visitante não se desencorajou, continuou a martelar a porta sem ficar nervoso, sempre com a mesma cadência. Era exasperante. Na ponta dos pés, Trelkovsky aproximou-se da porta e olhou pelo buraco da fechadura. Via apenas um pedaço de casaco abotoado sobre um ventre bem arredondado. Era um homem.

— Não tem ninguém? — perguntou o visitante.

Trelkovsky empalideceu amedrontado. O sangue fugiu de seu rosto, de sua nuca, até de seus ombros.

Ele reconhecera a voz. Era a do senhor Zy!

Então, eles o haviam seguido!

Impossível! Tinha tomado precauções suficientes! Então? O senhor Zy conhecia Stella pessoalmente? Não sabia que Trelkovsky tinha se refugiado na casa dela? Mas, neste caso, não tardaria a descobrir. Stella ignorava seu endereço e não tinha nenhuma razão para supor que ele era conhecido do senhor Zy. Ou ainda...

Ele tremeu.

E se Stella o tivesse denunciado? Se ela o tivesse traído friamente para puni-lo por ter mentido para ela. Mas como ela teria descoberto seu endereço? Soltou uma exclamação. Em seus bolsos!

Ela vasculhara seus bolsos, espiã suja!

Ele devia manter uma ou duas cartas que lhe haviam informado. Ela fora amiga de Simone Choule, conhecia os vizinhos, devia ter entendido o que significavam os "problemas" de Trelkovsky. Para se vingar, ela o havia entregado.

Porque, se o senhor Zy conhecia Stella de fato, ele devia saber que ela trabalhava durante o dia, e que não tinha ninguém em sua casa naquele momento. Ele vinha, então, unicamente por Trelkovsky... Ou ainda...

A hipótese que ele já havia considerado descartada era a correta. Stella era uma vizinha!

Desde o começo ela estava encarregada de abatê-lo, de conduzi-lo ao massacre! Essa ideia causou-lhe medo. Era monstruosa demais, horrível demais. Mas, quanto mais ele se demorava nela, mais ela lhe parecia evidente. Ele tinha sido passado para trás desde o começo! Que tolo ele havia sido até aqui!

Logo ele que dizia "pobre pequena Stella", "gentil pequena Stella". Deveria ter mordido a língua!

Ele se compadecera de seu carrasco! Por que não se compadeceu do senhor Zy e de todos os vizinhos enquanto estava lá!

Seu carinho por Stella!

Ela deve ter rido bastante de seu carinho, que miserável. E, quem sabe, talvez tenha sido ela quem tenha matado Simone Choule. Sua melhor amiga? Conta outra!

O senhor Zy desistiu de bater. Trelkovsky escutou seu passo hesitar, afastar-se, voltar, depois desaparecer definitivamente.

De novo, era necessário fugir. Mas e o dinheiro?

Com raiva, pôs-se a vasculhar o apartamento de Stella, revirou as gavetas, jogou a roupa de cama para baixo, arrancou os cartazes pregados na parede. Dentro de uma velha bolsa, descobriu o dinheiro. Pouco, mas suficiente para ir a um hotel. Sem nenhum remorso, pegou o dinheiro. Ela merecia, desgraçada!

Abriu a porta silenciosamente, explorou a escada com os olhos, não constatou nada de anormal. Instantes depois, estava na rua.

Pegou vários táxis para escapar de eventuais perseguidores. Quando teve certeza de ter conseguido, entrou no primeiro hotel que apareceu, o hotel Flandres, atrás da Gare du Nord, para alugar um quarto.

Registrou-se com um nome falso, senhor Trelkof, de Lille. Felizmente, não lhe pediram documento. Retomou a esperança. Talvez conseguisse escapar deles, apesar de tudo.

XVI
O acidente

Trelkovsky andava de um lado para o outro do quarto. De vez em quando, ia até a janela que dava para uma espécie de parede interna com várias janelas. O quarto ficava no sexto andar. Mas tinha pouca claridade apesar de sua localização, porque as casas do entorno a dominavam. Só saiu para ir ao banheiro, situado no fim de um corredor escuro. Dormiu cedo.

Naturalmente, levantou-se no meio da noite, com o corpo úmido de pavor. Acabara de ter uma série de pesadelos terríveis. Com os olhos abertos, examinava a sombra para descobrir com o que poderia se tranquilizar. Mas a realidade era no mínimo tão ameaçadora quanto os pesadelos. A escuridão, depois de ter absorvido a decoração, parecia uma provocação: dessa negação alguma coisa monstruosa e inédita deveria nascer. O quarto tornara-se um caldo de cultura de monstros. Até o momento, ainda não se distinguia nada, mas isso certamente não duraria. Assim como vasos comunicantes, o cérebro de Trelkovsky, cheio, derramava seus temores no vazio do quarto. Estes, ao passar de um recipiente para o outro, se materializavam. Os monstros pressentidos por Trelkovsky se punham, então, a viver para, em breve, alimentar-se de seu criador. Não devia pensar, era muito perigoso.

Pela manhã, tomara a decisão de comprar uma arma.

Evidentemente, decidir era fácil, mas onde encontrar uma? Havia lido romances de aventura suficientes para saber que precisava de um porte de armas. Não importaria a qual vendedor se dirigisse, lhe pediriam esse documento. Sem porte, o comerciante se recusaria, pura e simplesmente, a lhe vender um revólver. Talvez até mandasse segui-lo até uma delegacia, ou, com um pretexto qualquer, o retivesse até a chegada dos policiais. Quanto a fazer o pedido de um porte de armas à delegacia, como justificá-lo? Se denunciasse o complô dos vizinhos, achariam que ele estava louco. Talvez tentassem prendê-lo em um manicômio.

Seria melhor não agir oficialmente.

Saiu do hotel escorando-se nas paredes. Um após o outro, visitou os bares mais suspeitos do bairro. Toda vez, ficava a dois dedos de perguntar ao garçom se tinha uma pistola para lhe vender, mas não ousava. Pagava rapidamente, saía como um ladrão e fazia uma nova tentativa no café da frente ou do lado. No começo da tarde, desistiu. Estava levemente bêbado, pois tinha bebido algo em cada lugar que visitara para se dar mais liberdade. Não comia nada havia mais de 24 horas, o álcool lhe subia à cabeça.

Desesperado, comprou um brinquedo. Tinha ouvido dizer que certas pistolas de chumbo para crianças podiam machucar de verdade. Acidentes aconteciam frequentemente como prova disso. Entre outros, o caso do garoto que ficou cego com esse tipo de objeto lhe veio à memória. Se por inadvertência era possível obter resultados como esse, devia ser fácil fazer melhor voluntariamente. A vendedora da loja lhe explicou o mecanismo. Recusou a caixa e enfiou a pistola no bolso. A vendedora o viu sair sorrindo com indulgência.

Sentia-se tranquilo com a presença da arma. Segurava-a com a mão. Ardia de desejo de desmontá-la e também de usá-la. Mas não fez nada, pois ninguém acreditaria que se tratava de um brinquedo. Acelerou o passo para voltar ao hotel.

Gritos o sobressaltaram. Adivinhou que havia uma ameaça. Levou instintivamente a mão ao bolso. Mas não teve tempo de sacar o revólver. O choque o projetou a muitos metros. Sentiu o calor do radiador, mas o carro parou a tempo.

Era um grande carro americano, novo. Os acessórios cromados estavam desgastados, uma lanterna, quebrada, a pintura saía em pedaços, um dos para-lamas tinha os sinais da batida.

— Estraguei a lataria — preocupou-se Trelkovsky —, espero que não me cause problemas.

Teve vontade de rir, mas a ideia lhe fez mal.

Pessoas se aproximaram e se mexiam em torno dele. Ainda não ousavam tocá-lo, mas, sem dúvida, não demorariam muito a fazê-lo. Estavam ávidas para conhecer a extensão do estrago. Trelkovsky ficou feliz de não ter machucado os pés, o que permitia não enrubescer no hospital. Um homem rompeu a confusão.

— Sou médico, deixem-me passar. Porque lhes digo que sou médico, afastem-se. Ele precisa de ar.

Trelkovsky manteve os dentes apertados enquanto o examinavam com cuidado. O médico tentou fazê-lo falar:

— O senhor está bem? O senhor me escuta? Onde o senhor sente dor? O senhor não pode falar?

Por que se dar ao trabalho? Ele gozava do prazer de não responder quando lhe dirigiam a palavra. Aliás, estava completamente amorfo e incapaz do menor esforço.

Ele se limitava a esperar a sequência sem curiosidade. Tudo aquilo não lhe dizia respeito. Tentou reparar no carro que o havia derrubado. Um gemido lhe escapou. Reconhecia o homem que se mantinha imóvel atrás do volante. Era um vizinho.

— Ele está mal.

— Escute como ele geme.

— Devemos levá-lo para algum lugar.

— Há uma farmácia ao lado.

Voluntários se ocuparam de Trelkovsky para carregá-lo até a farmácia. Dois agentes da polícia se uniram ao médico, à frente do cortejo. Estenderam-no sobre o balcão com rapidez.

— O senhor sente dor? — repetiu o médico.

Ele não respondeu. Estava muito preocupado com o vizinho que acabara, ele também, de entrar no estabelecimento. Ele o viu abordar gentilmente um dos agentes e conversar com ele em voz baixa.

O doutor se pôs a fazer um exame mais meticuloso. Revelou enfim suas conclusões.

— O senhor teve sorte. Nada quebrado. Nem mesmo um tornozelo deslocado, o senhor tem apenas arranhões que sumirão em alguns dias. Vão cuidar disso. Mas o choque foi forte. Precisará ficar no quarto para se recuperar.

Com a ajuda do farmacêutico, cobriu Trelkovsky de mercúrio-cromo e esparadrapo.

— Naturalmente será melhor tirar uma radiografia. Mas não é urgente. Se o senhor tivesse realmente se machucado, eu teria recomendado! O melhor é repousar o máximo possível. Onde o senhor mora?

Trelkovsky estava aterrorizado. O que dizer? O vizinho tomou a palavra.

— Esse senhor mora no meu prédio. O mínimo que posso fazer por ele é levá-lo.

Trelkovsky tentou se ajeitar para fugir, mas algumas mãos o mantiveram prisioneiro. Debateu-se inutilmente.

— Não — implorou —, não quero voltar com ele!

O homem sorriu como se estivesse diante de uma criança caprichosa.

— Vamos, vamos, tenho uma dívida com o senhor, eu reconheço. É muito natural que eu tente repará-la. Vou levá-lo, em seguida combinaremos um ressarcimento.

Ele se virou para o agente com o qual tinha conversado.

— Não precisa mais de mim, senhor agente? Tem meu nome e meu endereço?

— Fique à disposição, senhor. Será convocado. Encarrega-se do homem?

— Sim. Se você puder me ajudar a carregá-lo...

Trelkovsky recomeçou a se debater.

— Não, não o deixem me levar! O senhor não pegou o meu nome e meu endereço?

— Já está feito. Este senhor foi bastante amável para informá-los.

— É um assassino! Ele vai me matar!
— É o choque — alguém disse.
— Ele vai dormir, vou lhe dar uma injeção.
— Não — gritou Trelkovsky —, sem injeção! Sem injeção! Eles vão me matar! Não os deixem fazer isso! Salvem-me!
Ele chorava.
— Por favor, me salvem. Levem-me, não importa para onde, mas não deixem me matar...
Deram-lhe a injeção. Ele se sentiu levado por homens que andavam rapidamente. Tinha sono. A injeção. Ele ainda quis protestar. Resistia com todas as forças ao sono. Estava no carro. Este começava a andar.
Com muita força de vontade, conseguiu não dormir, como se estivesse preso por uma única mão ao último degrau da consciência.
O automóvel ganhou velocidade. Ele distinguia as costas de um condutor como um borrão.
Então, pensou na pistola.
Virou-se devagar para liberar o bolso que a continha. Sua mão tremia, mas ele se muniu firmemente da arma. Ele a apontou para a nuca do vizinho.
— Pare imediatamente. Estou armado.
O homem lançou um olhar inquieto ao retrovisor. E gargalhou.
— Em quem o senhor quer causar medo com isso? É um presente para seu filho?
Raivosamente, Trelkovsky apertou o gatilho. Uma vez, duas vezes, depois sem interrupção. O riso do condutor inflou-se a ponto de parecer sobrenatural. Os minúsculos projéteis vinham bater em sua nuca, depois ricocheteavam, caíam sobre o tapete do carro.
— Basta, basta! — protestava o condutor —, o senhor me faz morrer de rir!
Trelkovsky jogou a pistola contra o vidro da porta. Ela se quebrou em pequenos pedaços. O homem se virou, gozador.
— Não chore, o senhor comprará outra!
O carro desacelerou. Parou diante da porta do prédio. O vizinho desceu e bateu a porta atrás dele. Dois vizinhos se juntaram a ele. Conver-

saram em voz baixa. Trelkovsky, resignado, esperava a decisão deles. Iriam executá-lo em seguida? Era pouco provável.

Abriu a porta e saltou. Caiu nos braços de um quarto vizinho que o dominou rapidamente.

— Vamos levá-lo para sua casa — disse-lhe ironicamente. — O senhor poderá descansar. O senhor precisa descansar bastante para se recuperar. Apoie-se em mim, não tenha medo, gosto de ajudar.

— Deixem-me, eu ordeno que vocês me deixem. Socorro! Socorro...

Dois tapas magistrais fizeram-no se calar.

O pequeno grupo de vizinhos ganhou a companhia do senhor Zy e da zeladora. Todos o olhavam desagradavelmente, sem dissimular sua alegria.

— Mas eu não quero subir para a minha casa! Dou qualquer coisa a vocês, tudo o que vocês quiserem, deixem-me...

O homem que o segurava sacudiu a cabeça.

— Impossível. O senhor será esperto e voltará para seu apartamento sem criar caso ou então tome cuidado. O senhor sabe o que disse o médico, precisa de descanso e terá isso. O senhor vai ver. Isso vai lhe fazer bem. Vamos, suba.

Com uma pegada hábil, o homem levou seu braço às costas e começou a torcê-lo.

— Tornamo-nos mais espertos agora! Tornamo-nos compreensivos! Está bem, continue, avance. Continue, continue... Um passo para a mamãe, um passo para o papai, vá, avance.

Passo a passo, Trelkovsky atravessou a porta, passou pela entrada e ganhou os andares. O homem zombava dele.

— Não queria vir, hein? Por quê? Não lhe agradava mais sua casa? Tinha encontrado outra coisa? Mas são raros hoje os apartamentos. Com depósito? Uma troca fictícia, talvez? Bom, enfim, isso não me interessa.

Com um empurrão, fez Trelkovsky desabar no meio do primeiro cômodo. A porta bateu. Uma chave virou duas vezes na fechadura.

Seria esta noite, sem dúvida.

XVII
Os preparativos

Trelkovsky acordou sofrendo. Todo o seu corpo estava dolorido. Sua língua tinha descoberto um dente quebrado e se esforçava em polir as bordas. Cuspiu um pequeno filete de sangue no chão. O filete de sangue prolongava-se, prolongava-se do chão à sua boca para se tornar apenas um fio, uma linha imaginária que se recusava a se romper.

A cômoda, o armário, as cadeiras continuavam no mesmo lugar, no estado em que ele as tinha abandonado. Uma corrente de ar entrava pelos vidros quebrados, os vizinhos não o tinham amordaçado. Não conseguiram. Encheu os pulmões de ar para gritar.

Não teve tempo. Uma torrente de música se despejava de todas as janelas do prédio. Os postos de telégrafo tocavam a "Nona Sinfonia" de Beethoven com toda potência. Ele gritou, mas seus apelos se afogaram na algazarra. Tentou em vão não escutar mais essa música abominável. Ela acompanhava a corrente de ar aproveitando-se da ausência de vidros.

A "Nona Sinfonia" explodia. Estourava de alegria estúpida, de uma alegria de uma grande marionete. Novecentos coristas e instrumentistas se alegravam com a morte próxima de Trelkovsky. Uma delicada homenagem a Simone Choule, sem dúvida, porque ela apreciava tanto Beethoven. Ele foi dominado pela raiva. Sistematicamente tentou destruir o que persistia de Simone Choule. As cartas e os livros. Rasgava-os, picava-os em pequenos pedaços de papel, esses documentos que o haviam fascinado. Foi dominado por uma irritação impotente de um animal pego em uma armadilha. Não encontrava mais sua respiração. Pôs-se a soluçar. Foi procurar os incisivos no buraco. Foram dois caninos que rolaram de sua mão. Olhou-os com nojo, depois correu para jogá-los pela janela. Mas quando ele se debruçava para lançá-los o mais longe possível, sua atenção foi atraída pelo espetáculo que ocorria no banheiro da frente.

Uma mulher que ele nunca vira acabava de entrar. Ela estava ajoelhada e sua cabeça desaparecia no buraco imundo. O que ela fazia? Levantou a cabeça. Seu rosto tinha uma expressão bestial. Olhou fixamente para Trelkovsky e sorriu de modo repugnante. Sem tirar os olhos dele, mergulhou a mão no buraco e a retirou cheia de excrementos e deliberadamente lambuzou o rosto. Outras mulheres entraram no recinto e fizeram a mesma coisa. Agora a cabine estava cheia com umas trinta mulheres lambuzadas. Uma cortina preta foi puxada por trás do vitrô roubando-lhe a cena.

Trelkovsky, as pálpebras pesadas, não tinha mais força para fugir dos sortilégios. Sabia que eles se destinavam a testar sua resistência, mas não podia mais escapar deles. Estava muito frágil, muito desgastado, muito doente.

Agora, era no pátio que se desenrolavam os acontecimentos subsequentes.

Um vizinho vestido com um macacão azul circulava com uma bicicleta. Fazia círculos e oitos. Cada vez que passava sob a janela de Trelkovsky, dirigia-lhe um largo sorriso e uma piscadela. Uma corda estava amarrada ao selim. A corda trazia um manequim feminino de cera. Era um manequim como esses que serviam para mostrar os vestidos nas vitrines. O manequim quicava com as irregularidades do terreno, os braços se mexiam criando a ilusão da vida. Mas, rapidamente, a cera se desgastava, o manequim se deteriorava no contato com o solo. Como se dissolvida por um ácido, a mulher desaparecia.

Quando só restavam duas pernas atrás da bicicleta, o vizinho fez um sinal irônico para Trelkovsky antes de desaparecer.

Depois dele surgiram dois homens que carregavam um imenso peixe empalado em um bastão. Os dois homens deram várias voltas no pátio, depois jogaram o fardo. Olharam direto nos olhos de Trelkovsky. Sem ver o que faziam, limparam o peixe. As vísceras se amontoavam, logo tinham um pequeno punhado ao lado deles. Riram então alegremente e enfeitaram os cabelos. Faziam coroas com as vísceras do peixe, penduraram-nas nas orelhas e em torno do pescoço. Como garotinhas, afastaram-se saltando em um pé só.

Um dos dois homens reapareceu logo depois. Soprou uma imensa trompa. Os sons que tirava dela pareciam ser os produzidos por gases.

Vindo da entrada, um leão portando uma coroa, avançou. Era evidente que se tratava apenas de uma pele costurada em que se encontravam os dois vizinhos. Sobre o leão estava montado o jovem rapaz, em quem Trelkovsky já havia reparado. Duas mulheres vestidas de branco foram ao encontro do leão. Introduziram-se por uma abertura na pele, e, pelos sobressaltos do animal, Trelkovsky entendeu que uma orgia ia acontecer no interior. O homem com a trompa pegou o rabo do leão para tirá-lo de vista.

Três homens mascarados apareceram. Trelkovsky percebeu apavorado que uma das máscaras parecia com ele. Os três homens imobilizaram-se em uma pintura viva com um significado obscuro. Ficaram assim por cerca de uma hora. Veio o entardecer e depois a noite.

Os cascos de um cavalo ressoaram na entrada.

Trelkovsky tremia.

Acabaram de raspar algo em sua porta.

Já? Não era possível. O carrasco estava apenas descendo do cavalo. Uma folha de papel branco foi passada por baixo da porta. Cochicharam algo que ele não entendeu.

Vieram em auxílio? Ele tinha um aliado dentro da casa? Pegou o papel com desconfiança. Era uma folha de papel de carta perfumada. Examinou-a cuidadosamente. Três linhas estavam escritas com letra de mulher. Não conseguiu decifrar o que elas diziam. Os caracteres das palavras deviam estar escritos em sânscrito ou hebreu. Perguntou em voz baixa através da porta.

— Quem é?

Deram-lhe uma resposta, ininteligível. Ele repetiu sua pergunta, mas percebeu apenas o barulho de uma fuga furtiva. Vinham, sem dúvida.

Com efeito, alguns instantes depois uma chave girava na fechadura.

XVIII
O energúmeno

Era um belo dia quando o corpo de Trelkovsky passou por cima do parapeito de sua janela. Destruiu a nova cobertura de vidro que se quebrou em uma infinidade de cacos, depois foi se chocar contra o solo em uma pose grotesca.

Estava totalmente vestido de mulher. Seu vestido erguido deixava ver sua cinta-liga. Seu rosto estava maquiado, a peruca, bagunçada na queda, dissimulava a testa e um olho.

Os vizinhos vieram correndo. Em sua cabeça, a zeladora e o senhor Zy lamentavam, gesticulando desesperadamente.

— Ele não tem mesmo sorte — disse o senhor Zy. — Ontem um acidente de carro e hoje...

— O choque de ontem foi responsável!

— Precisamos chamar o resgate.

Um pouco mais tarde, um carro da polícia e uma ambulância pararam em frente ao prédio.

— O senhor é especialista em suicídio — disse o condutor do carro apertando a mão do proprietário a quem ele conhecia bem.

— O que o senhor queria? Tinha acabado de mandar consertar a cobertura de vidro!

Os dois enfermeiros se apressavam com a maca. Um médico os acompanhava. Aproximaram-se do corpo imóvel. O médico mexeu a cabeça com um ar desgostoso.

— Tsc... tsc... Que situação! Fantasiou-se para se suicidar!

De repente, sob os olhos estupefatos dos enfermeiros, do médico, dos policiais e dos vizinhos, o corpo se mexeu. A boca se abriu. Um pouco de sangue escapou dela. A boca articulou.

— Não é um suicídio... Não quero morrer... é um assassinato...

O senhor Zy sorriu tristemente.

— Pobre homem, delira.

O médico sacudiu a cabeça, cada vez mais desgostoso.

— É bem o momento de pensar na vida! Se queremos viver, não nos jogamos pela janela.

Com mais força a boca de Trelkovsky afirmou.

— Eu lhes digo que foi um assassinato... Empurraram-me... Não me joguei pela janela...

— Entendo, entendo — fez o doutor —, foi um assassinato.

Os policiais deram risada.

— Ele se jogou pela janela porque estava grávida!

O médico não gostou da brincadeira. Fez sinal aos enfermeiros para colocarem o corpo sobre a maca.

Com um vigor surpreendente, Trelkovsky os empurrou. Berrou com uma voz histérica.

— Eu os proíbo de me tocarem. Não sou Simone Choule!

Levantou-se vacilante, estrebuchou, recuperou o equilíbrio. Hipnotizados, os espectadores não ousaram intervir.

— Vocês imaginaram que tudo se passaria da melhor forma possível. Que minha morte seria limpa, erraram! Ela vai ser suja, nojenta! Não me suicidei. Não sou Simone Choule. Foi um assassinato. Um horrível assassinato. Olhem, é sangue!

Ele cuspiu.

— É sangue, e estou sujando a sua entrada. Ainda não estou morto. Sou forte!

Chorava copiosamente como um jovem garoto. O médico e os enfermeiros se aproximavam tortuosamente.

— Vamos, não crie caso, venha, vamos cuidar de você. Suba na ambulância.

— Não me toquem. Sei o que escondem seus aventais e sua limpeza. Vocês me dão medo. Seu carro branco também me dá medo. Vocês não conseguirão jamais limpar toda a sujeira que vou fazer. Bando de assassinos! Carrascos!

Titubeante, Trelkovsky dirigiu-se à entrada. A massa de vizinhos deu-lhe passagem, assustada como por um fantasma. Rindo ironicamente através de suas lágrimas. Trelkovsky sacudiu seu braço esquerdo aberto. Respingou-os com sangue.

— Sujei vocês? Desculpe, é meu sangue, sabem. Deveriam ter me tirado o sangue antes para que eu não pudesse sujá-los. Esqueceram isso, hein?

A massa o seguia com uma distância respeitosa. Os policiais interrogavam o médico com o olhar. Deveriam calá-lo à força? O médico fez que não com a cabeça.

O sangue e as lágrimas escorriam pela garganta de Trelkovsky.

— Tentem me impedir de falar! Vou fazer coisas erradas!

Ele gritou. Sua voz se interrompia, mas voltava imediatamente com um tom mais agudo.

— Carrascos! Assassinos! Garanto que vou fazer barulho! Um grande escândalo! Tentem me calar! Podem bater nas paredes, dá na mesma!

Ele cuspia em todas as direções, respigando sangue e saliva nos que estavam muito próximos.

— Carrascos! Matem-me para me calar! Mas vou sujá-los, pensem nisso.

Ainda titubeante, chegou à parte de baixo da escada. Tentou subir os degraus. Os vizinhos estavam mais audaciosos. Estavam logo atrás dele agora.

— Não se aproximem ou vou sujá-los!

Cuspiu sobre eles, que recuaram precipitadamente.

— Prestem atenção em seus belos trajes de domingo! Vão colocar suas máscaras de trabalho, de assassinos. Senão, verão sangue. Está sendo difícil, não é? Foi melhor da última vez, não foi? Mas eu não sou Simone Choule!

Ele tinha chegado ao primeiro andar. Ele cuspiu na palma de sua mão aberta e passou sobre a porta da esquerda.

— Carrascos! Tentem tirar isso! É sujo, não é?

Ele se dirigiu penosamente até a porta da direita. Passou com um braço sangrando, depois cuspiu sobre a maçaneta. Um pedaço de dente caiu de sua boca.

—Ah! Ah! Estarão limpos depois disso!

Os vizinhos berravam atrás dele. Ele rasgou a parte de cima de seu vestido e arranhou fortemente no peito. O sangue começou a escorrer da ferida. Ele o recolheu em sua mão esquerda e a colocou embaixo do tapete de entrada.

— Terão de trocar de tapete. Há sangue embaixo.

Ele ficou de quatro para escalar as escadas do segundo andar. Deixava grandes marcas de sangue nos degraus.

— Terão de trocar a escada, há sangue sobre ela! Não conseguirão jamais limpar todo esse sangue.

Dissimuladamente, um vizinho agarrou-lhe o pé para jogá-lo para trás.

— Tire suas mãos, assassino!

Ele assoprou como um gato encolerizado, depois cuspiu em seu rosto. O vizinho largou o pé e se limpou imediatamente.

— Se você esfregar, vai se manchar. Quem ama o sangue? O quê? Ninguém? Mas vocês comem suas bistecas bem ensanguentadas, vocês são loucos por ensopado de coelho ao sangue, vocês se deliciam com chouriço, vocês apreciam também o sangue do Senhor, não? Então, por que vocês não desejam o bom sangue de Trelkovsky?

No segundo andar, ele também sujou as portas de sangue e de saliva.

Os policiais, a despeito da ordem do médico, tinham seu cacetete à mão. Eles ardiam de desejo de calar o energúmeno. Mas a multidão compacta de vizinhos os impedia de intervir. Ela tapava a passagem. Tentavam afastá-los, mas os vizinhos não se deixavam manobrar. Eles bramiam e mostravam os dentes. O médico e os enfermeiros não foram muito longe. Eles não conseguiam participar dessa penosa encenação. Começaram a trocar suas impressões com os policiais. No terceiro andar, os vizinhos rodearam Trelkovsky. Instrumentos brilhantes reluziam na mão deles. Instrumentos com lâmina cortante de aspecto cirúrgico. Eles afastaram Trelkovsky para seu quarto.

— Então, apesar de tudo vocês amam o sangue? Onde está o senhor Zy? Ah, lá está ele! Avance, avance, senhor Zy, para ter a sua parte. E a zeladora? Olá, senhora zeladora! E a senhora Dioz? Olá, senhora Dioz! Venham se servir da caneca de um bom sangue!

Explodiu em um riso demente. Os instrumentos luziam nas mãos dos vizinhos. Uma mancha de sangue se alastrou em sua cintura...

O corpo de Trelkovsky passou uma segunda vez por cima do parapeito da janela para se esmagar entre os cacos da cobertura de vidro, no pátio.

EPÍLOGO

Trelkovsky não estava morto, ainda não.
Ele emergia muito devagar de um abismo sem fundo. À medida que ele voltava a si, recuperava a consciência de seu corpo e ressentia-se por sua dor. Ela vinha de todos os lugares, de todas as direções de uma só vez para se jogar sobre ele como um cachorro com raiva. Ele não se sentiu capaz de manter a cabeça. Para começar, ele se confessava vencido. Mas sua própria resistência o surpreendeu. A dor avançou, contudo; ela se atenuava onda após onda até desaparecer completamente.
Esgotado pelo combate, voltou a dormir. Vozes o tiraram do sono.
— Ela saiu do coma.
— Ela ainda tem uma chance de sair dessa.
— Depois de tudo que ela acabou de passar, isso seria uma sorte!
— Ela acabou com a nossa reserva de sangue!
Lentamente, com infinitas precauções, ele abriu um olho. Distinguiu silhuetas imprecisas. Sombras brancas que se moviam em uma sala branca. Ele devia estar em um hospital. Mas de quem se tratavam as silhuetas, então?
— Ela perdeu muito sangue. Tem sorte de seu grupo sanguíneo não ser raro... Senão...

— É necessário levantar o braço dela um pouco mais. Ela ficará melhor.

Ele sentiu que exerciam uma tração sobre um de seus membros, muito longe dele, a quilômetros. Ele se sentiu, de fato, melhor. Então, era dele que falavam as frases que ele havia surpreendido! Por que usavam o feminino para se referir a ele?

Refletiu longamente. Tinha muita dificuldade para concatenar as ideias. Às vezes, continuava a refletir, sem se lembrar sobre o quê. Seu cérebro se esvaziava, depois disso voltava, e ele recuperava com dificuldade o curso de seus raciocínios.

Ele supôs que zombavam dele. Fingiam falar dele como uma mulher por causa das roupas de travesti com as quais estava vestido. Ridicularizavam-no menosprezando toda a justiça. Ele os detestou com tal violência que sua visão se escureceu. Tremedeiras nervosas o percorreram, acordando a dor adormecida. Entregou-se ao sofrimento

Mais tarde, ele estava melhor. Encontrava-se em outra sala branca muito maior que a anterior. Ainda lhe era impossível se mexer. De seu ângulo de visão, ele percebia em outras camas formas alongadas. De uma vez, a sala se encheu de homens e de mulheres que se espalharam ao redor das camas.

Alguém andou perto dele. Percebeu um papel se amassando. Acabavam de colocar um pacote à sua esquerda sobre a mesa de cabeceira. Depois ele viu o homem assim que se sentou.

Estava sem dúvida delirando. Felizmente ele tinha consciência, senão teria cedido ao pânico. O homem se parecia com ele, traço por traço. Era um outro Trelkovsky que se encontrava sentado à sua cabeceira, silencioso e sombrio. Ele se perguntou se havia verdadeiramente um homem sentado transformado por sua febre, ou então se a aparição era inteiramente inventada. Ele se sentia disposto para examinar esse problema. A dor tinha praticamente desaparecido. Tinha mergulhado em um estado leve que não era desagradável. Era como se ele tivesse descoberto, por acaso, um equilíbrio secreto. Longe de aterrorizá-lo, sua visão o tranquilizava. A imagem era reconfortante porque vinha de um espelho. Ele teria gostado tanto de se ver assim em um espelho!

Ele escutou cochichos, depois uma cabeça se enquadrou em seu campo visual. Esse rosto, ele reconheceu imediatamente, era o de Stella. A boca aberta por um sorriso revelava dois caninos de tamanho anormal; ela articulou vagarosamente, como se ele tivesse dificuldade de entender a língua em que ela falava:

— Simone, Simone, você me reconhece? É a Stella que está aqui. Sua amiga Stella, você me reconhece?

Um gemido subiu à boca de Trelkovsky, abafado no início, depois se inflando até acabar em um grito insuportável.